Chères lectrices,

Marielle B. Bard (handwritten)

Ne vous ai-je pas mentionné, le mois dernier, de très belles surprises à venir dans la collection Azur ? Chose promise... chose due !

En février, je vous propose en effet de découvrir le premier épisode d'une captivante saga signée Miranda Lee, « Secrets et scandales », qui vous entraînera chaque mois de rebondissements en rebondissements jusqu'en juillet prochain. Cette saga raconte l'histoire de Gemma Smith, une jeune fille qui, à la mort de son père, un chercheur d'opales violent et alcoolique, fait une incroyable découverte : une opale d'une beauté exceptionnelle ainsi qu'une vieille photo dont la date jette un doute sur sa véritable identité. A la fois bouleversée par ces trouvailles et résolue à éclaircir le mystère de sa naissance, Gemma part pour Sydney où elle espère vendre aux Whitmore, les célèbres joailliers, la mystérieuse Opale noire qui constitue son seul héritage et l'unique indice qu'elle possède sur ses origines...

Je ne vous en dis pas plus car, grâce à Gemma, vous allez pénétrer dans la haute société de Sydney et faire la connaissance du clan Whitmore, qu'une terrible querelle oppose à la famille Campbell. Querelle qui dissimule des passions anciennes et des secrets brûlants...

Ai-je piqué votre curiosité ? Alors il ne me reste plus qu'à vous souhaiter une excellente lecture !

La responsable de collection

ATTENTION... ATTENTION...

Programme Azur
de février
exceptionnel !

6 titres **inédits**

2 titres inédits (n⁰ˢ 2276 et 2277)
rassemblés dans un **coffret spécial**
avec en cadeau **1 roman GRATUIT**
de la collection Rouge Passion.

Pour **6,20 € seulement**
(le prix de 2 romans Azur),
vous pouvez profiter
d'un troisième livre gratuit !

Revanche et passion

JACQUELINE BAIRD

Revanche et passion

COLLECTION AZUR

Cet ouvrage a été publié en langue anglaise
sous le titre :
THE GREEK TYCOON'S REVENGE

Traduction française de
CHARLOTTE MEIRA

HARLEQUIN®

est une marque déposée du Groupe Harlequin
et Azur ® est une marque déposée d'Harlequin S.A.

Toute représentation ou reproduction, par quelque procédé que ce soit, constituerait
une contrefaçon sanctionnée par les articles 425 et suivants du Code pénal.
© 2002, Jacqueline Baird. © 2003, Traduction française : Harlequin S.A.
83-85, boulevard Vincent-Auriol, 75013 PARIS — Tél. : 01 42 16 63 63
Service Lectrices — Tél. : 01 45 82 47 47
ISBN 2-280-04977-5 — ISSN 0993-4448

— Ma chère Eloïse, vous êtes extraordinaire, et je regrette d'être trop vieux pour vous !

Eloïse adressa à Ted Charlton un large sourire, mi-amusé, mi-réconfortant, et secoua doucement la tête, faisant danser les boucles de ses cheveux d'un roux flamboyant sur ses épaules. L'air faussement contrit de son compagnon la fit éclater de rire.

— Voyons, Eloïse, ne soyez pas cruelle avec moi ! Quand la chance commence à vous tourner le dos, c'est pour de bon, poursuivit Ted dans un soupir. Mais qu'importe, j'aime bien discuter avec vous. Avec mon ex-épouse, il était devenu impossible de parler de quoi que ce soit.

Au cours de leur dîner au Supper Club, Ted lui avait expliqué qu'il divorçait pour la troisième fois. Sa femme venait de le quitter pour un homme plus jeune. Eloïse le trouvait si sympathique, et si enthousiaste malgré tout, qu'elle avait sincèrement compati à son sort. A cinquante ans, Ted n'était pas un adonis, mais sa personnalité chaleureuse et son esprit malicieux le dotaient d'un charme certain.

— Votre vie n'a plus de secret pour moi ! le taquina-t-elle.

Il avait passé une bonne partie de la soirée à évoquer ses souvenirs avec elle.

— Mon Dieu, j'ai dû vous ennuyer avec toutes mes histoires !

— Détrompez-vous ! le rassura-t-elle en posant une main sur son bras. Vous avez mené une vie passionnante et j'aimerais pouvoir en dire autant de moi dans quelques années.

— Voyons, ma chère, belle et intelligente comme vous êtes, le monde n'attend que vous ! Et pour tout dire, passer cette soirée en votre compagnie a fait le plus grand bien à mon ego.

« Au mien aussi », pensa aussitôt Eloïse. Ted venait de lui promettre d'investir dans la société qu'elle avait montée avec ses deux amis Harry et Katy : une joaillerie nommée KHE d'après leurs initiales, et dont le succès ne cessait de croître. C'était elle qui avait imaginé ce projet quelques années auparavant. Elle dessinait les bijoux que Katy se chargeait de réaliser tandis que Harry — qui était aussi le mari de cette dernière — gérait le volet financier de leur affaire.

— Vous êtes très gentil, dit Eloïse avec un sourire reconnaissant.

C'était la première fois qu'elle dînait avec un partenaire financier potentiel. Harry s'en chargeait d'habitude, mais Katy qui était enceinte de sept mois et demi s'était sentie très fatiguée ce soir-là, et il avait préféré rester auprès d'elle.

— Je suis seulement lucide. Je suis sûr que d'ici quelques années KHE aura son enseigne dans les plus grandes capitales, s'exclama Ted en levant son verre.

— Vous exagérez !

Elle était néanmoins ravie de l'entendre. Elle qui avait tant redouté cette soirée… Les mondanités n'étaient pas son fort. Katy lui avait donné quelques conseils avant qu'elle ne parte retrouver Ted et lui avait même prêté un haut de soie légèrement ajouré pour l'occasion. Eloïse, qui s'était tout de suite sentie à l'aise avec ce quinquagénaire souriant, avait finalement passé une très bonne soirée.

— Je n'exagère jamais ! Mais en attendant le succès, accepteriez-vous cette danse ? Nous réglerons tous les détails de notre affaire demain, avec Harry.

— Avec plaisir, répondit-elle, en acceptant le bras qu'il lui tendait.

Marcus Kouvaris était accoudé au bar du même restaurant, un verre de whisky devant lui. Nadine, un magnifique mannequin aux cheveux blonds, se tenait à ses côtés. Elle lui lança un regard mutin avant de glisser une main dans la poche de son pantalon, pour lui caresser la cuisse à travers l'étoffe. Il lui adressa un sourire sensuel et entendu, sachant très bien comment leur soirée se terminerait… Elle était une maîtresse aussi avide qu'expérimentée, et il appréciait beaucoup de se détendre en sa compagnie. Et Dieu sait qu'il en avait besoin en ce moment.

Il venait de passer un an dans sa villa sur l'île grecque de Rykos, auprès de sa tante Christine, la sœur de sa défunte mère, et de sa fille Stella, qui avaient perdu leur mari et père — Théo Toumbis — dans un tragique accident de voiture. Pendant ce temps, il avait mis ses aventures sentimentales entre parenthèses, ce qui lui avait beaucoup coûté. De passage à Londres pour régler des affaires personnelles, il avait bien l'intention de profiter

9

tous les soirs du savoir-faire de sa compagne, se dit-il en plongeant le nez dans son verre.

Il releva la tête pour balayer du regard la piste de danse, puis se figea tout à coup.

Un couple venait d'entrer dans son champ de vision. Il ne prêta guère attention à l'homme, mais la femme… C'était bien elle, Eloïse ! L'innocente et virginale Eloïse qui, à l'époque où il l'avait connue, sur l'île de Rykos, rougissait lorsqu'un homme — lui, en l'occurrence — la regardait de manière un peu trop insistante.

Elle passait visiblement une très bonne soirée. Sa main posée sur l'épaule de son compagnon — beaucoup trop vieux pour elle, soit dit en passant —, elle éclatait de rire lorsqu'il se penchait pour lui parler à l'oreille.

Un sourire cynique aux lèvres, Marcus se souvint de ce que le détective lui avait appris : Eloïse était la fille, et non pas la sœur comme elle l'avait prétendu à l'époque, de Chloé Baker, la femme qui avait soutiré à son oncle Théo une somme d'argent considérable alors qu'elles étaient toutes deux en vacances sur l'île de Rykos. Elle était également sa complice. Lui-même s'était d'ailleurs rendu à Londres pour cela : retrouver Chloé afin de lui réclamer l'argent qu'elle devait à sa famille. La question financière lui importait peu, en réalité — il était très riche, après tout. Mais il en faisait une question de principe et, plus encore, une question d'honneur : personne ne pouvait voler sa famille impunément.

Il n'avait pas non plus oublié l'attitude d'Eloïse lorsqu'il l'avait courtisée. Touché de rencontrer une jeune fille si pure, il s'était contenté de l'embrasser. Leur liaison n'en était alors qu'à ses premiers balbutiements, et son innocence lui avait inspiré beaucoup de respect. Malheureusement, il avait été appelé de toute urgence

10

au chevet de son père mourant. Il avait tout juste eu le temps de prévenir Eloïse qui lui avait promis de l'attendre. Son père était décédé quelques jours après et, à son retour sur l'île, il avait découvert qu'elle était partie. Profondément déçu, il avait essayé de l'oublier mais, malgré ses efforts, elle avait hanté ses rêves pendant plusieurs années. Dans son esprit, elle avait incarné la grâce, la candeur et la sensualité tout à la fois. Quelle erreur ! Il lui suffisait de la voir danser avec cet homme pour comprendre qu'il s'était laissé duper.

Les yeux rivés sur la jeune femme, il se rembrunit. Elle était encore plus belle que lorsqu'elle avait dix-neuf ans. Le haut qu'elle portait était légèrement transparent, et il lui semblait deviner la rondeur de ses seins à travers l'étoffe. Sa longue jupe noire épousait parfaitement les mouvements de son corps, dévoilant de temps à autre le galbe de sa jambe. Une ceinture dorée, assortie aux escarpins qu'elle portait, lui ceignait la taille comme pour en accentuer la finesse. Il aimait le contraste entre sa peau d'un blanc nacré, et ses cheveux couleur de feu. De sa place, il pouvait voir briller ses yeux, d'un vert émeraude étonnant. Elle était belle à couper le souffle, si bien que Nadine lui parut soudain bien terne. Subjugué, il ne pouvait détacher ses yeux d'Eloïse.

Cinq ans déjà ! Involontairement, il serra le poing de colère. Il se souvenait de la douceur de la peau de la jeune femme, et de l'ivresse qu'il avait connue en la serrant dans ses bras. S'arrachant à cette vue qui lui causait bien trop d'émoi, il examina le cavalier d'Eloïse. Il le reconnut sans peine pour avoir vu sa photo dans les journaux financiers : c'était Ted Charlton, un homme d'affaires américain en instance de divorce.

Il allait sûrement investir dans la société d'Eloïse, se dit-il en fronçant les sourcils. Quand son oncle Théo l'avait informé que Chloé et Eloïse Baker lui avaient volé de l'argent, il avait d'abord accordé le bénéfice du doute à la jeune femme, imaginant qu'elle s'était laissé influencer par sa mère. Mais quand il avait appris qu'elle avait créé une entreprise nommée KHE, spécialisée dans la création et la vente de bijoux, il avait compris que c'était la concrétisation d'un projet plus ancien, lancé à l'instigation de Chloé et parrainé par Théo. La joaillerie dont son oncle aurait dû être propriétaire devait s'appeler « Eloïse », tout simplement. Ce projet n'avait, bien sûr, jamais vu le jour et Marcus se demandait à quoi avait servi l'argent de Théo. Eloïse et sa mère avaient dû en profiter d'une manière ou d'une autre.

Décidé à se venger d'Eloïse, il avait d'abord prévu d'exiger le remboursement de toutes les sommes engagées par son oncle mais, en la voyant danser et rire si complaisamment avec Ted, une autre idée lui vint à l'esprit. Il regrettait amèrement d'avoir donné congé au détective privé qu'il avait engagé pour la retrouver. Cet homme l'avait appelé en Grèce, deux semaines auparavant, pour lui annoncer qu'Eloïse n'était pas la sœur de Chloé, mais sa fille. Il lui avait fallu près d'un an pour le découvrir, car Chloé Baker avait utilisé quantité de faux noms au fil des ans. Elle n'avait jamais eu de sœur, bien entendu, et le nom de sa fille était Smith. Il lui avait ensuite communiqué l'adresse d'Eloïse à Londres, ainsi que le nom de sa société. Marcus lui avait demandé si la jeune femme s'était rendue coupable d'autres fraudes, et le détective lui avait d'abord répondu d'un ton un peu trop goguenard à son goût qu'Eloïse était aussi pure qu'une colombe — avant de lui demander s'il voulait, malgré tout, en savoir plus sur elle. Marcus lui avait répondu sèchement que non. Son adresse lui suffisait. Il ne souhaitait pas qu'on lui dresse, en plus, la liste exhaustive de ses amants !

Maintenant qu'il l'avait retrouvée, il allait enquêter lui-même.

Tandis qu'elle dansait, Eloïse jetait des coups d'œil distraits autour d'elle. Le Supper Club, situé au cœur du quartier de Mayfair, était le dernier lieu en vogue de la ville. Le restaurant était délicieux, et les éclairages suffisamment discrets pour que l'ambiance soit très intime.

— Ne vous retournez pas, lui glissa Ted à l'oreille. Il y a un homme au bar qui vous dévore des yeux depuis quelques minutes. J'ai l'impression qu'il me fusillerait volontiers s'il le pouvait.

Sans tenir compte de ce conseil, Eloïse tourna prestement la tête. Ses yeux croisèrent aussitôt ceux de Marcus, et son cœur fit un bond dans sa poitrine. Pendant un moment, elle fut incapable de détacher son regard du sien. Il la regardait des pieds à la tête, avec un air arrogant et satisfait. Il s'était manifestement rendu compte qu'elle l'avait reconnu, puisqu'il lui adressa un sourire enjôleur, en levant son verre à son intention.

— Oh, non ! gémit-elle.

— Vous le connaissez ? demanda Ted avec sollicitude, en la raccompagnant à leur table.

— On peut dire ça, répondit Eloïse en récupérant sa coupe de champagne d'une main tremblante.

Elle essaya de sourire, mais ne put émettre qu'un petit rire nerveux.

— J'ai fait sa connaissance il y a quelques années, alors que je passais des vacances en Grèce. Je ne l'avais pas revu jusqu'à ce soir.

— Une idylle d'été ?

— Oui, lâcha-t-elle dans un soupir.

A l'époque, ce n'était pas ce qu'elle avait pensé. C'était la première fois qu'elle tombait amoureuse — ou plutôt la seule fois qu'elle était jamais tombée amoureuse. Ils ne s'étaient vus que trois fois avant que Marcus ne parte retrouver son père, gravement malade. Et lorsque sa mère lui avait dit qu'elles devaient quitter Rykos sans attendre son retour, elle s'était sentie désespérée. Elle avait laissé à la femme de chambre un papier avec son adresse en Angleterre, en espérant qu'il essaierait de la joindre. Cet espoir ne l'avait pas quittée pendant un an mais, le temps passant, elle s'était fait une raison. Et puis, elle avait dû faire face à d'autres soucis… Elle avait fini par se convaincre qu'il en était mieux ainsi. Par ailleurs, Chloé lui avait appris que Marcus était un prodige de la finance qui s'était construit une fortune considérable en exerçant ses talents dans le domaine de la haute technologie. Il était incontestablement hors de sa portée.

— Eloïse ? Eloïse Baker, c'est bien vous ?

Cette voix chaleureuse, nuancée d'un léger accent étranger, lui sembla étonnamment familière. Elle leva aussitôt les yeux. Marcus avait rejoint leur table. Il était encore plus séduisant que dans son souvenir. Ses cheveux de jais, son teint mat, son visage racé et volontaire dégageaient un charme auquel peu de femmes auraient pu résister.

— Oui, c'est moi, répondit-elle en s'efforçant de sourire. Mais mon nom est Smith, corrigea-t-elle.

Il se souvenait de son prénom, ce qui n'était pas si mal pour un tombeur de son espèce.

— Bien sûr ! Je suis désolé, mais cela fait longtemps, dit-il avec un petit sourire énigmatique. Malgré cela, je constate que vous n'avez pas changé du tout. Vous êtes toujours aussi belle. Plus belle, dirais-je même.

Eloïse se sentit rougir de nouveau, et espéra de toutes ses forces que son trouble ne se voyait pas trop.

— Merci, murmura-t-elle.

Elle aperçut à ce moment-là la jeune femme blonde au bras de Marcus.

— Nadine, laisse-moi te présenter Eloïse, une amie, déclara-t-il alors en se tournant vers sa compagne.

Il pivota ensuite en direction de Ted.

— Et voici son ami, monsieur… Ted Charlton. Nous ne nous connaissons pas, mais je vous ai déjà vu dans le journal.

Eloïse serra la main que Nadine lui tendit avec réticence. De toute évidence, la jeune femme n'était pas ravie de la rencontrer. Ce qui était compréhensible. Si elle avait été à sa place, elle se serait sûrement montrée aussi possessive.

— Prenez donc un verre avec nous, proposa Ted.

Marcus n'eut pas le temps de répondre.

— Une autre fois peut être, intervint Nadine. Je meurs de faim, Marcus. Et puis, tu m'as promis de m'emmener dîner chez toi…

— Je suis sûr que tu peux attendre encore un peu, non ?

Il avait souri mais, au ton de sa voix, il était évident que sa décision était prise. Ils se joignirent donc à eux, et Marcus commanda une autre bouteille de champagne.

— Je porte un toast aux vieux amis ! déclara-t-il en regardant Eloïse droit dans les yeux.

Elle sentit sa bouche se dessécher, comme la première fois qu'elle l'avait vu.

— Et aux nouveaux amis, bien sûr, ajouta-t-il à l'intention de Ted.

Ils trinquèrent tous. Eloïse but une gorgée de champagne pour se remettre de ses émotions. Elle était stupéfaite d'être troublée à ce point par la présence de Marcus, alors qu'elle s'était convaincue, au fil des années, que ce qu'elle avait ressenti pour lui en Grèce n'avait été qu'une passade.

— Je connais Marcus depuis deux ans, déclara soudain Nadine, mais il ne m'a jamais parlé de vous. Quand vous êtes-vous rencontrés ?

— Je passais des vacances en Grèce avec ma sœur Chloé. En fait, nous avions loué une villa sur l'île de Rykos à un ami de ma sœur qui se trouvait être l'oncle de Marcus, Théo. Un soir, nous avons organisé une petite réception, et c'est ainsi que nous avons fait connaissance.

— Que devient votre sœur ? la coupa Marcus.

Eloïse fut bien obligée de le regarder dans les yeux. Pourquoi l'avait-il interrompue aussi brusquement ? Sans doute craignait-il qu'elle ne raconte à Nadine qu'ils avaient eu une brève histoire d'amour tous les deux. A moins que… A moins qu'il n'ait appris qu'elle lui avait menti autrefois. Elle espérait de toutes ses forces que non. Sa mère ne lui avait pas laissé le choix à l'époque ; elle devait l'appeler par son prénom et prétendre qu'elle était sa petite sœur. Chloé, qui avait trente-six ans à l'époque, n'avait pas eu envie que l'on sache qu'elle était la mère d'une fille de dix-neuf ans.

— Ma sœur est morte il y a trois ans, marmonna-t-elle finalement.

Elle détestait mentir. Ce n'était d'ailleurs plus nécessaire, mais ce n'était ni le moment, ni le lieu pour lui révéler la vérité.

— Je suis désolé, déclara platement Marcus. Chloé était une femme hors du commun.

Il n'y avait ni chaleur, ni conviction dans sa voix. Pourtant sa mère était bien une femme remarquable. Sans elle, Eloïse n'aurait jamais eu l'audace de monter sa propre affaire. Certes, elle ne l'avait jamais bien connue. Chloé était tombée enceinte à dix-sept ans d'un marin, dénommé Tom Smith, qu'elle avait épousé sans conviction. Trois mois après la naissance d'Eloïse, le couple avait divorcé. Chloé avait alors confié sa fille à ses parents avant de disparaître. Quatre ans plus tard, après un nouveau mariage manqué qui lui avait néanmoins permis de se lancer dans les affaires, elle était revenue la voir et l'avait couverte de cadeaux avant de repartir. Chloé n'avait jamais fait que quelques apparitions dans la vie d'Eloïse pour qui elle était devenue une vraie figure de conte de fées. Lorsque ses grands-parents étaient morts, alors qu'elle achevait sa première année à l'université, sa mère avait décidé de lui consacrer un peu de temps. Manifestement fascinée par ses talents en dessin, elle l'avait encouragée à poursuivre dans cette voie. C'est à cette époque que Chloé avait décidé qu'elles iraient toutes les deux passer des vacances en Grèce.

— J'espère que cette question n'a pas fait resurgir des souvenirs trop douloureux, s'inquiéta Marcus.

Puis il se leva de son siège et lui tendit la main.

— Oublions le passé, et allons danser un peu, lui proposa-t-il d'un ton caressant. Si Ted m'en donne la permission, bien entendu !

— Mais… Marcus, bredouilla Nadine.

— Je te promets que nous irons dîner après, ma chère.

Il prit Eloïse par la main, la conduisit jusqu'à la piste de danse, où il glissa doucement les bras autour de sa taille.

— Par votre faute, Nadine va mourir de faim, essaya de plaisanter Eloïse pour dissimuler son trouble.

Marcus était plus grand que dans son souvenir. Pour le regarder, elle devait légèrement rejeter la tête en arrière. Les années n'avaient en rien altéré son charme et, à le voir de si près, elle le trouvait encore plus séduisant. Il était à la fois viril et sophistiqué. L'élégance de son costume gris ardoise et de sa chemise blanche dissimulait à peine l'aura de sensualité mâle que dégageait sa personne.

— Je peux vous assurer que Nadine ne mourra pas de faim : comme elle est mannequin, elle a un appétit d'oiseau. Vous n'êtes pas comme elle, j'espère, dit-il en la déshabillant des yeux. Non, je ne crois pas. J'imagine au contraire que vos formes doivent faire rêver tous les hommes.

— Je suis donc si replète ? demanda-t-elle, en feignant l'indignation.

Le regard connaisseur de Marcus glissa alors le long de son buste.

— Mon Dieu, non ! Vous êtes parfaite, croyez-moi ! Les formes sont l'essence même de la féminité.

Sur ces paroles, il lui prit la main et la posa sur son torse. Au contact de ses pectoraux à travers le tissu de la chemise, Eloïse sentit son propre pouls s'accélérer

18

dangereusement. Elle n'avait jamais été aussi proche d'un homme depuis des années. Sous son petit haut soyeux, elle sentait la pointe de ses seins se durcir. Incontestablement, elle était à la merci de l'incroyable pouvoir de séduction que Marcus exerçait sur elle.

— Vous rougissez, Eloïse, la taquina-t-il.

— Ça ne m'étonne pas, il fait si chaud ici, mentit-elle.

Il resserra alors son étreinte, une expression moqueuse sur le visage.

— Vous devenez écarlate. Il doit faire de plus en plus chaud ici, insista-t-il en riant.

Son attitude aurait dû l'indigner — il était avec une autre femme après tout, pourtant elle était ravie qu'il joue à ce jeu avec elle. D'un geste timide, elle posa sa main plus haut sur son épaule, à la naissance du cou. Ils étaient si proches maintenant qu'elle pouvait sentir la chaleur de son souffle lorsqu'il chuchotait à son oreille. Elle avait l'impression que son cœur allait exploser dans sa poitrine, et sentait ses jambes faiblir. Le traumatisme qu'elle avait subi, quelques années auparavant, sa peur irrépressible des hommes — tout cela était loin derrière elle. En cet instant, elle était de nouveau l'adolescente romanesque qu'elle avait été à l'époque de sa rencontre avec Marcus. Sans doute conscient de l'effet qu'il lui faisait, ce dernier déposa un furtif baiser dans son cou.

— Que faites-vous ? Et Nadine ? demanda-t-elle maladroitement.

— Oubliez Nadine, comme je l'ai fait au moment où je vous ai vue, murmura-t-il. Dites-moi plutôt pourquoi vous m'avez quitté sans même me dire au revoir, il y a cinq ans.

— Mais, c'est vous qui êtes parti ! s'exclama-t-elle. Je suis restée dix jours sans nouvelles, et puis, nous avons dû rentrer en Angleterre, Chloé et moi. Je vous avais laissé un mot avec mon adresse et mon numéro de téléphone.

— Mon père est mort d'une crise cardiaque. Je ne suis retourné à la villa qu'après son enterrement : elle était complètement vide. Je n'ai pas trouvé votre mot. Il faut me croire.

— Je vous crois, bien sûr. Ce sont des choses qui arrivent, dit-elle en soupirant.

— Ce n'était pas le bon moment pour nous, j'imagine, commenta-t-il en lui caressant le dos. Mais, je suis très heureux de vous revoir. Je me suis souvent demandé ce que vous deveniez.

Profitant d'un mouvement de danse, il passa une de ses jambes entre les siennes, ce qui emplit Eloïse de crainte et d'excitation tout à la fois.

— Maintenant que je vous ai retrouvée, j'aimerais beaucoup vous revoir. Dînons ensemble demain soir, voulez-vous ?

— Qu'en penserait votre petite amie ?

— Nadine et moi sommes de bons amis, rien de plus. Elle n'y verra aucun inconvénient. Mais ce n'est peut-être pas le cas pour Ted ? demanda-t-il d'un ton cynique.

— Vous voulez rire ? Il n'y a rien entre Ted et moi ! C'est une relation d'affaires, rien de plus.

Elle ne put s'empêcher de sourire à l'idée que Marcus ait pu croire un seul instant qu'elle était la compagne de Ted Charlton. Il avait tout de même l'âge d'être son père !

— Dans ce cas, donnez-moi tout de suite votre numéro de téléphone !

Ils regagnèrent leur place, et Eloïse dut attendre quelques minutes pour recouvrer ses esprits, et participer à la conversation avec naturel. Marcus discuta encore un peu avec Ted, avant de prendre congé avec Nadine.

— Je dois dire que votre ami a fait une forte impression sur moi, déclara Ted après leur départ.

— C'est vrai, reconnut-elle en étouffant un soupir. Nadine a beaucoup de chance.

— A mon avis, vous faites fausse route. Il ne s'intéressera jamais sérieusement à une fille comme elle. Par contre, j'ai bien vu que vous lui plaisiez beaucoup. Méfiez-vous, ma chère, Marcus Kouvaris a une réputation de don Juan, je ne voudrais pas qu'une femme de votre qualité tombe dans le piège.

— Je vous remercie pour le compliment. Mais ne vous en faites pas, je ne me laisserai pas faire, dit-elle en riant.

A la vérité, rien n'était moins sûr !

Le dîner touchait à sa fin, cependant Ted la persuada de prolonger la soirée pour assister au spectacle que le restaurant avait programmé. Deux heures plus tard, ils prirent enfin un taxi et Ted la raccompagna jusqu'à la porte de chez elle.

— J'ai passé une très bonne soirée, Eloïse. Vous pouvez annoncer à vos partenaires que je suis des vôtres. Je passerai un coup de téléphone à Harry demain matin.

Elle gagna bien vite le hall cossu de son immeuble, monta l'escalier, et s'arrêta au premier étage. Un rapide coup d'œil à sa montre lui apprit qu'il était déjà 3 heures du matin. Bien trop tard pour annoncer la bonne nouvelle à ses amis. Elle gagna donc prestement le deuxième étage.

Cet immeuble lui appartenait ; c'était là qu'elle avait installé la joaillerie. La cave faisait office d'atelier, le rez-de-chaussée était destiné aux bureaux et à la bijouterie, Harry et Katy occupaient un appartement au premier étage, elle-même s'était réservé le second, et le dernier étage était loué à un couple d'homosexuels : Julian et Jeff.

Photographe, Julian avait conçu un magnifique catalogue de bijoux pour KHE, qui avait été déterminant dans le succès grandissant de la société. Jeff, qui travaillait à la bijouterie, était un vendeur hors pair. Les clientes l'adoraient, et leurs maris ne se sentaient pas menacés par son incroyable beauté. Tout fonctionnait parfaitement jusqu'à présent, dans une ambiance qu'Eloïse trouvait à la fois chaleureuse et sécurisante.

— Eloïse, tu es là ?

Alors qu'elle était presque parvenue à son étage, elle fit demi-tour et se pencha au-dessus de la rampe. Harry était sorti sur le palier. D'un bond, elle dévala les marches qui les séparaient et lui sauta au cou.

— Sortez le champagne ! s'exclama-t-elle. Ted est des nôtres depuis ce soir !

Harry la fit rentrer dans l'appartement, où Katy les attendait. En dépit de ses traits tirés par la fatigue, celle-ci était très belle avec ses grands yeux noisette et ses longues boucles brunes.

— Tu es sûre ? demanda aussitôt cette dernière en souriant. Assieds-toi, et raconte-nous tout !

Une demi-heure plus tard, Eloïse leur avait tout expliqué.

— Bien, je vois que notre petite affaire commence à prendre de l'ampleur, un peu comme mon tour de taille finalement, déclara joyeusement Katy. Mais que venait faire Marcus Kouvaris au restaurant ? Ce n'était pas le type que tu avais rencontré en vacances avec ta mère, et qui t'avait laissée tomber ?

Se sentant soudain sur la défensive, Eloïse se leva de son fauteuil.

— Marcus ne m'a pas laissée tomber, expliqua-t-elle. Il a dû quitter l'île précipitamment parce que son père était au plus mal.

Il lui semblait étrange, après toutes ces années, de dire son prénom à voix haute et, malgré sa fatigue, elle se sentit rougir.

— Bon, il est presque 4 heures du matin. Nous aurons le temps de discuter de tout cela demain, ajouta-t-elle.

De retour dans son appartement, elle ne put trouver le sommeil. Elle ne cessait de repenser à cette incroyable soirée, et à la malchance qui s'était acharnée sur Marcus et elle, cinq ans plus tôt. Il était néanmoins hors de question de prendre un somnifère. Cela faisait des années qu'elle n'en avait pas eu besoin, et ce n'était pas cette rencontre imprévue, si troublante soit-elle, qui allait la décider à en avaler un.

2.

Après s'être retournée plusieurs fois dans son lit, Eloïse décida de faire quelques exercices de relaxation pour tenter de se calmer. Les images de ses dernières vacances en Grèce lui revinrent aussitôt à l'esprit.

C'était à l'occasion d'une fête que sa mère avait organisée dans leur villa qu'elle avait fait la connaissance de Marcus. Elle l'avait aperçu alors qu'elle apportait un plateau de rafraîchissements près de la piscine. Il était à côté de Théo Toumbis et de Chloé. Son charme ténébreux avait instantanément agi sur elle et, de stupeur, elle avait manqué renverser les boissons. Le short de lin blanc qu'il portait faisait ressortir la couleur dorée de ses longues jambes, et son T-shirt immaculé mettait en valeur son torse musclé. Il lui avait semblé aussi beau qu'un dieu grec.

— Arrête de traîner, petite sœur. On meurt de soif, ici !

A ces mots de sa mère, tous les invités s'étaient tournés vers elle. Elle avait senti ses joues s'enflammer lorsque les yeux de Marcus avaient rencontré les siens.

24

Aussitôt, il s'était approché pour lui proposer une main secourable.

— Laissez-moi vous aider. Une jeune fille aussi charmante que vous ne devrait pas faire le service. C'est plutôt le rôle de son chevalier servant, lui avait-il dit avant de se présenter comme le neveu de Théo.

Un peu plus tard, Marcus l'avait encouragée à se débarrasser de la longue robe de coton blanc qu'elle avait revêtue par-dessus son Bikini pour le rejoindre dans la piscine. Son empressement et son air taquin avaient rapidement eu raison de sa timidité. A la fin de la journée, il savait qu'elle était une étudiante de dix-neuf ans en vacances avec sa sœur, et que son cœur était à prendre.

Elle aurait aimé ne pas avoir à lui mentir. Seulement sa mère lui avait demandé de ne jamais révéler qu'elle était sa fille. Avant de rencontrer Marcus, Eloïse s'était dit que ce mensonge lui coûterait peu. L'idée lui avait certes parut saugrenue, mais elle s'était rassurée en se disant que sa mère l'aimait à sa façon. Après l'enterrement de ses grands-parents, Chloé l'avait beaucoup entourée, et n'avait semblé nullement choquée qu'elle touche l'intégralité de l'héritage. Eloïse avait dû insister pour qu'elle accepte au moins l'argent de la vente de la maison. Chloé avait donné son accord, à la seule condition que la somme soit virée sur un compte joint à leurs deux noms.

Marcus avait été le dernier invité à quitter la réception. Avant de rentrer chez lui, il l'avait serrée doucement dans ses bras avant d'embrasser ses lèvres avec une infinie délicatesse. A ce moment-là, elle avait compris qu'elle était amoureuse.

Le lendemain matin, il était arrivé dans un cabriolet rutilant pour lui faire visiter l'île. Il avait arrêté la voiture au bord d'un ravin, sorti un panier de pique-nique de son coffre, et ouvert la portière d'Eloïse d'un air joyeux.

— Descendez, nous allons déjeuner.

— Ici ? avait-elle demandé, incrédule.

— Faites-moi confiance ! Nous allons sur la plage. Il y a des marches pour y accéder.

Un petit escalier, presque vertical, menait jusqu'en bas de la falaise. Une simple corde servant de rampe permettait à ceux qui voulaient bien s'y aventurer de garder leur équilibre. Eloïse avait cru mourir de peur. Lorsqu'elle avait enfin senti sous ses pieds le sable fin de la petite crique, elle avait eu l'impression de défaillir. Posant son panier, Marcus l'avait prise dans ses bras.

— Tout va bien ?

Haletante à cause de la descente —ou peut être parce qu'elle était dans les bras de Marcus — elle avait acquiescé d'un signe de tête et balayé du regard ce décor paradisiaque. La mer d'un bleu profond venait délicatement lécher le sable blond, qui étincelait au soleil.

Après s'être baignés, ils avaient partagé un repas composé de poulet froid, de salade, et de pain frais, le tout arrosé de champagne.

— Vous me gâtez trop, lui avait-elle dit avant de s'allonger sur sa serviette, en soupirant d'aise.

Il s'était étendu près d'elle, un petit sourire amusé en coin. Leurs regards s'étaient croisés, et ce qu'elle avait lu dans le sien l'avait fait frissonner.

— Je voudrais vous gâter bien davantage, avait-il déclaré d'une voix rauque.

Et du bout des doigts, il avait caressé sa bouche.

26

— Je pourrais m'occuper de ces lèvres sensuelles pour commencer… Sans oublier ce cou charmant, avait-il poursuivi tandis que sa main descendait le long de sa gorge avant de frôler enfin sa poitrine. Ni vos seins de déesse…

Ces caresses, à peine esquissées, avaient consumé Eloïse de désir. Le cœur battant à tout rompre, elle avait entrouvert les lèvres pour mieux recevoir le baiser de son premier amant. Du bout de sa langue, Marcus avait suivi le dessin de sa bouche, avant d'en prendre possession avec fougue. Des frissons voluptueux l'avaient parcourue des pieds à la tête. En sentant le contact pressant de sa cuisse contre la sienne, elle s'était laissé submerger par des sensations complètement inédites pour elle. Quand il avait déposé de petits baisers humides à la naissance de sa poitrine, elle ne lui avait opposé aucune résistance. Alors, seulement, elle s'était aperçue que le haut de son Bikini avait disparu. Marcus avait murmuré quelques mots en grec, avant de se pencher sur son sein, pour l'embrasser et en mordiller délicatement l'extrémité durcie. Succombant à ce plaisir inouï, elle avait émis un long gémissement, en se cambrant instinctivement contre ses hanches.

— Je vois que mes caresses te plaisent. Demande-moi tout ce que tu veux, ma douce Eloïse, avait-il dit en redoublant ses caresses.

Ces sensations inconnues lui avaient semblé étrangement naturelles. Lorsque la main de Marcus était descendue le long de son ventre, de merveilleuses ondes de plaisir avaient soulevé ses sens. Il allumait un nouveau feu à chaque parcelle de peau qu'il touchait, ne cessant d'attiser le désir qui montait en elle.

Mais, au moment où ses doigts experts s'étaient glissés sous le dernier morceau de tissu qui la protégeait, Eloïse avait compris en un éclair où ces caresses allaient les mener. D'une main fébrile, elle l'avait alors repoussé. Il allait trop vite… et trop loin.

— Non, non…

Marcus avait immédiatement suspendu son geste.

— Tu me dis non, mais je sais que tu as envie de moi.

Elle avait voulu lui expliquer, mais aucun son n'avait pu sortir de sa gorge.

— J'ai horreur des allumeuses, lui avait-il alors lancé en se redressant.

— Je ne suis pas une allumeuse, s'était-elle écriée. Seulement… Je n'ai jamais…

Comme elle s'était sentie embarrassée à l'idée d'avouer la vérité à cet homme de vingt-neuf ans, qui devait déjà avoir eu quantité de maîtresses !

— Je n'ai jamais… Enfin, je suis encore vierge, avait-elle fini par dire, en baissant les yeux.

— Vierge ! s'était-il exclamé, visiblement ébahi. Mais… cela signifie que tu n'es pas protégée.

Son attitude avait complètement changé à partir de ce moment-là. Jusqu'à la fin de la journée, Marcus l'avait traitée avec beaucoup d'égards, comme si elle avait été un spécimen rare de la gent féminine. Lorsqu'il l'avait raccompagnée chez elle, il avait déposé un petit baiser sur ses lèvres qu'il eut tôt fait d'approfondir, avec une ardeur qui l'avait laissée chancelante.

— Nous ferons bientôt l'amour et je te promets d'être l'amant le plus doux et le plus passionné, mon Eloïse, avait-il murmuré avant de la laisser partir.

Cette nuit-là, elle n'avait rêvé que de lui. Malheureusement, le lendemain matin, Marcus lui avait annoncé que sa présence était indispensable auprès de son père malade, et qu'il devait partir. Seule l'idée de le revoir quelques jours plus tard lui avait permis de surmonter sa déception.

Eloïse s'enfonça plus profondément sous sa couette. Il faisait si froid au mois de mars en Angleterre ! Ce n'était pas le cas en Grèce… Enfin cela faisait bien longtemps à présent qu'elle avait tiré un trait sur cette partie de sa vie. Elle allait dîner avec Marcus, en souvenir du bon vieux temps, mais les choses en resteraient sûrement là.

— Bravo, les filles ! Bientôt KHE ouvrira à Paris ! s'exclama Harry en entrant dans l'atelier, au sous-sol du bâtiment.

Jeff lui emboîtait le pas, une bouteille de champagne à la main, suivi de Ted Charlton qui avait l'air ravi.

Eloïse leva la tête de sa table de dessin, et Katy interrompit l'ouvrage qu'elle venait d'entreprendre.

— C'est vrai, monsieur Charlton ? demanda cette dernière, les yeux brillant d'excitation.

— Mais oui ! Je viens d'ailleurs de convaincre votre mari de fermer la boutique une ou deux heures, le temps que je vous emmène tous déjeuner pour que nous fêtions notre collaboration.

Au restaurant, ils discutèrent de la mise en place de leur projet en France. L'argent que Ted investissait devait servir à la création d'une boutique à Paris. Eloïse fut ravie d'apprendre qu'il avait déjà repéré un emplacement de choix rue du Faubourg-Saint-Honoré. Plus tôt dans la matinée, Harry avait réservé son billet d'avion pour le lendemain, afin de négocier la vente du local.

Lorsque la sonnette de l'Interphone retentit, Eloïse était en train de s'examiner d'un œil critique dans le miroir. Elle n'avait pas eu à hésiter longtemps devant sa garde-robe ; la seule tenue sophistiquée qu'elle possédait était le tailleur vert jade qu'elle portait le jour du mariage de Katy. La veste cintrée était assez courte, et la jupe droite s'arrêtait un peu au-dessus du genou. Des escarpins noirs à talons hauts, et un chignon complétaient l'ensemble. Son allure était plutôt classique, se dit-elle, mais elle portait également un pendentif original où l'ambre et l'argent s'entremêlaient, ainsi que des boucles d'oreilles assorties, qu'elle avait elle-même dessinés.

D'un geste vif, elle saisit son sac à main, et regarda une dernière fois derrière elle avant de quitter sa chambre.

Au même moment, elle entendit que l'on frappait à sa porte. C'était Marcus qui l'attendait, nonchalamment adossé au chambranle. Dans son costume bleu marine, il était incroyablement séduisant.

— Comment êtes-vous entré ?

Elle n'avait pas prévu de l'accueillir de manière aussi raide, mais l'émotion et la surprise semblaient parler à sa place.

— Bonsoir à vous aussi, dit-il en levant sur elle un sourcil amusé. Dois-je sortir, et tout recommencer ?

— Euh, non... Bien sûr, bredouilla-t-elle.

— C'est votre ami Harry qui m'a ouvert la porte extérieure, lui expliqua-t-il en souriant.

Un peu rassérénée, et décidée à corriger le tir, elle lui rendit son sourire.

30

— Harry et sa femme Katy sont mes collaborateurs.

— Ah bon ? J'aurais plutôt cru que Harry était votre père ! En l'espace d'une minute, il a trouvé le moyen de me demander qui j'étais, où j'avais l'intention de vous emmener, et à quelle heure vous seriez rentrée !

— Ça ne m'étonne pas de lui ! Il est d'un naturel très protecteur. Katy et moi étions en première année à l'université quand nous l'avons rencontré. A l'époque nous cherchions désespérément un appartement à partager. Quand il l'a appris, il a remué ciel et terre pour nous en trouver un. Il faut dire qu'il était tombé amoureux de Katy au premier regard. Il est venu la voir tous les jours, jusqu'à ce qu'elle accepte de l'épouser !

— Un homme déterminé, c'est bien…, commenta Marcus. Si nous y allions maintenant ?

Au moment de mettre en route le moteur de sa voiture, il parut se souvenir de quelque chose, et se tourna vers elle.

— J'avais initialement l'intention de vous inviter dans un restaurant français délicieux, mais comme je dois recevoir un coup de téléphone des Etats-Unis au cours de la soirée, je me suis arrangé pour que nous dînions à mon hôtel. J'espère que vous n'y voyez pas d'inconvénient ?

— Non, bien sûr…

Un sentiment de crainte venait pourtant de l'envahir. C'était absurde, Marcus n'était pas un étranger et, en plus, ce n'était pas leur premier rendez-vous.

Tandis qu'elle traversait la luxueuse entrée du palace au bras de son compagnon, Eloïse se félicita de s'être vêtue avec autant de soin. La beauté du lieu agissant sur elle, elle finit par se réjouir de passer cette soirée dans ce cadre de rêve.

— Le restaurant est au dernier étage, non ? demanda-t-elle d'une voix enthousiaste. J'ai entendu dire que la vue est magnifique.

— C'est vrai, mais c'est dans ma suite que nous allons dîner. Rassurez-vous, la vue est aussi belle. Je suis bien placé pour le savoir puisque je possède cet hôtel.

Le sourire d'Eloïse se figea sur son visage.

— Votre suite…, murmura-t-elle.

Elle serait seule avec Marcus —chez lui, en somme. A cette idée, elle sentit ses joues s'enflammer. Mais il était trop tard pour faire marche arrière.

Peut-être conscient de son trouble, Marcus darda sur elle un regard inquisiteur.

— L'appel que j'attends est strictement confidentiel, expliqua-t-il. C'est pour cela que je préfère le recevoir ailleurs qu'à la réception. Cela a l'air de vous rendre extrêmement nerveuse. Décontractez-vous, je ne vais pas vous manger ! ajouta-t-il en riant.

Eloïse s'efforça de prendre un air dégagé et parvint à rire avec lui. Parvenue dans sa suite, elle vit qu'on avait dressé la table juste à côté des grandes baies vitrées qui offraient une vue imprenable sur la ville.

— Asseyez-vous et mettez-vous à l'aise, proposa-t-il. Pendant ce temps, je vais demander au restaurant qu'ils nous apportent à dîner.

Les deux canapés, à côté d'elle, avaient l'air très accueillants — trop, peut être, puisqu'elle préféra s'asseoir à table. Quelques minutes plus tard, un maître d'hôtel vint les servir. Marcus leva alors son verre.

— A cette nouvelle rencontre ! Et permettez-moi de vous dire que vous êtes ravissante.

— Merci, murmura-t-elle.

En sentant se poser sur elle le regard appuyé de son hôte, elle frissonna.

— Vous avez froid ?

— Non, c'est le champagne, mentit-elle. Il fait bon ici, et puis c'est le printemps, ajouta-t-elle d'un ton qu'elle voulait dégagé.

— Vous plaisantez ? En Angleterre, vous ne savez pas ce qu'est un vrai printemps ! Venez en Grèce à Pâques, et vous comprendrez ce que je veux dire.

Avec beaucoup d'entrain, il se mit à lui décrire la multitude de fleurs sauvages qui poussaient sur l'île de Rykos à cette époque de l'année.

Au cours du dîner, où ils dégustèrent un potage d'asperges et du bar aux épices, la conversation fut très agréable. Marcus était un homme cultivé, doté de beaucoup d'esprit, si bien que toutes les inquiétudes d'Eloïse finirent par se dissiper. Elle ne protesta pas quand il remplit de nouveau sa coupe de champagne. Le dessert arriva à ce moment-là, mais elle n'avait plus faim. A la vue de la pyramide de glace, parsemée de chocolats, d'amandes et de fruits qu'il avait commandée, elle éclata de rire.

— Vous n'allez pas manger tout cela. C'est une vraie pièce montée !

— Maintenant, vous connaissez mon vice caché, répondit-il avant de plonger sa cuiller dans la crème glacée, avec une délectation non feinte.

Après avoir avalé une première bouchée, il passa sa langue sur ses lèvres, d'un air gourmand.

La sensualité de ce geste la troubla. Manifestement, Marcus savait profiter des plaisirs de la vie.

— Vous en voulez ? demanda-t-il, d'une voix presque basse. C'est très bon, croyez-moi.

Il lui présenta la cuiller, un éclat mutin dans les yeux. Délicatement, elle avança la tête, et entrouvrit ses lèvres pour goûter.

— C'est délicieux, murmura-t-elle, en réprimant en frisson.

Etait-elle la seule à sentir de l'électricité dans l'air ? Moins à son aise que jamais, elle fit un effort désespéré pour recréer l'ambiance de camaraderie du début de la soirée.

— A propos, comment va votre oncle Théo ?

Les traits de Marcus se figèrent.

— Il est mort, il y a un an, dans un accident de voiture.

Sa tentative pour détendre l'atmosphère avait échoué en beauté. Le visage marmoréen, Marcus n'ajouta plus un mot.

— Je suis désolée, dit-elle sincèrement.

— Je ne vois pas pourquoi. Vous le connaissiez à peine. C'était votre sœur qui était amie avec lui, commenta-t-il d'une voix blanche.

Elle sentit le sang battre plus fort dans ses veines. Prise d'une impulsion subite, qu'elle imputa à l'alcool, elle osa se lancer.

— Puisqu'on en parle… Chloé n'était pas ma sœur, mais… ma mère.

— Votre mère ? Ça alors ! Elle n'avait pas l'air d'être assez vieille pour cela, lui fit-il remarquer en feignant la surprise.

Au restaurant, hier soir, Eloïse lui avait dit que son nom de famille était Smith, et non pas Baker. Sans doute s'était-elle aperçue, de retour chez elle, qu'elle avait fait une gaffe. C'est pourquoi elle se sentait maintenant obligée de lui révéler la vérité.

34

— Elle n'avait que dix-sept ans quand je suis née, précisa la jeune femme en rougissant. Comme elle n'avait pas envie d'être classée dans la catégorie « mères de famille », elle m'a demandé de mentir quand nous avons loué la villa en Grèce.

Manifestement soulagée par cet aveu, Eloïse esquissa un timide sourire d'excuse.

— J'imagine que ce mensonge a dû vous coûter, commenta Marcus non sans ironie.

— Non, pas vraiment, reconnut-elle sincèrement. Je ne connaissais pas très bien ma mère. Lorsqu'elle a quitté mon père, elle m'a confiée à mes grands-parents, et je ne l'ai pas revue pendant longtemps. Quand nous nous sommes retrouvées, Chloé était devenue une femme d'affaires accomplie.

Marcus prit sa main dans la sienne, et la caressa doucement, comme pour la réconforter.

— C'est donc de votre mère que vous tenez votre goût pour les affaires.

— On pourrait dire ça, je suppose. En fait, je ne me suis jamais posé la question. Tout ce que je sais, c'est que sans l'aide de ma mère, Katy, Harry et moi n'aurions jamais aussi bien commencé.

— Pourquoi donc ?

— En fait, c'est grâce à l'argent que Chloé m'a laissé que nous avons monté KHE.

« Quelle jolie petite histoire ! » pensa Marcus. Et qui plus est vraisemblable. Il aurait presque pu y croire s'il n'avait pas vu la signature d'Eloïse sur le fameux contrat qui avait ruiné Théo.

— Voilà qui a dû adoucir votre deuil !

La jeune femme semblait trop absorbée par ses pensées pour relever ce sarcasme.

— Oui et non, répondit-elle avec un petit sourire triste.

— Dites-moi, comment avez-vous lancé votre entreprise ? demanda-t-il, curieux d'en savoir plus.

— D'après Harry, si l'on veut réussir dans le monde de la joaillerie, il faut d'abord trouver l'endroit stratégique. Le quartier de Mayfair était tout indiqué. C'est lui qui a trouvé la maison que nous occupons et, grâce à l'héritage de ma mère, j'ai pu l'acheter tout de suite.

Elle lui expliqua ensuite qu'ils rêvaient de s'implanter dans d'autres pays, en Europe pour commencer, et pourquoi pas sur d'autres continents.

— Avec votre enthousiasme, je suis sûr que vous réussirez. Permettez-moi de lever mon verre à votre succès ! lui dit-il après avoir de nouveau rempli leurs coupes. Et à notre amitié, aussi, ajouta-t-il en lui adressant un clin d'œil.

— Merci, répondit-elle d'une voix un peu tremblante.

Pour un peu, son innocence et sa fraîcheur l'abuseraient. Seigneur, jamais une femme ne l'avait troublé à ce point ! Quand il prenait une décision, il s'y tenait toujours, mais il se sentait sur le point de changer d'avis au sujet d'Eloïse. Car soit elle était digne de remporter un Oscar pour la comédie qu'elle était en train de lui jouer ; soit elle avait réellement ignoré les manigances de sa mère. Qui était donc cette femme ? Vêtue d'un simple tailleur, qui lui seyait d'ailleurs à ravir, elle était l'image même de la modestie. Pourtant, elle habitait dans un bel immeuble du quartier le plus chic de Londres. Elle rougissait encore comme une adolescente au moindre compliment, tout en semblant très sûre d'elle-même dès qu'elle évoquait le développement commercial de sa société. Ces paradoxes piquaient à vif sa curiosité. Il aurait tant aimé connaître le vrai visage d'Eloïse !

En attendant d'élucider ce mystère, il n'avait qu'une obsession : la déshabiller, et lui faire l'amour, pour exorciser ce fantasme si souvent imaginé. L'image de son corps presque nu et offert sur la petite crique de Rykos lui revint à la mémoire. A l'époque, il n'avait pas voulu la brusquer mais, aujourd'hui, les choses avaient changé. Cette fois-ci, se jura-t-il, Eloïse serait sienne.

3.

Qu'avait-elle dit pour lui déplaire ? Marcus venait de poser sur elle un regard ombrageux, difficile à déchiffrer. La soirée avait été si agréable jusqu'à présent qu'elle espéra ne rien avoir gâché. Mais, heureusement, Marcus esquissa un petit sourire.

— Ces chaises sont peu confortables, j'ai besoin d'étendre mes jambes, déclara-t-il avant de retirer sa veste et de desserrer le nœud de sa cravate.

La chemise qu'il portait laissait deviner une musculature parfaite sur laquelle son regard s'attarda malgré elle. Une vague de chaleur l'envahit soudain.

Un serveur frappa à la porte à ce moment-là pour leur apporter les cafés. D'un geste de la main, Marcus lui fit comprendre qu'il pouvait disposer le plateau sur la table basse. Puis, il alla s'asseoir sur un des canapés.

— Venez, Eloïse, nous serons plus à notre aise, ici.

Après quelques secondes d'hésitation, elle le rejoignit. Qu'avait-elle à craindre ? Ce n'était qu'un café, après tout, se dit-elle pour se rassurer.

— Laissez-moi prendre votre veste, il fait chaud ici.

Joignant le geste à la parole, il fit délicatement glisser le haut de son tailleur sur ses bras. Au contact de sa main sur son épaule, elle ne put s'empêcher de frissonner. Il écarta les pans de sa veste, pour achever de la lui ôter, en frôlant incidemment sa poitrine. La réponse de son corps ne se fit, hélas, pas attendre ; à son grand dam, elle sentit l'extrémité de ses seins pointer sous le fin tissu de son haut.

Marcus la prit alors dans ses bras, et captura ses lèvres avec avidité. Elle essaya de lutter, mais reçut en réponse un baiser d'une délicatesse et d'une sensualité telles que ses dernières forces l'abandonnèrent. Aussi ne protesta-t-elle pas lorsqu'il ôta les épingles de ses cheveux. Avec passion, il la serra plus fort contre lui, la faisant frémir de volupté. Lorsqu'elle sentit une chaleur irradier au creux de son ventre, elle eut l'impression de perdre la tête. Une petite voix intérieure lui murmura qu'il était encore temps de tout arrêter, mais elle ne voulut pas l'écouter. Etourdie de plaisir, elle sentit tous ses membres se détendre. Marcus profita de ce moment pour mêler sauvagement sa langue à la sienne, ce qui lui arracha un gémissement plaintif. Après quelques minutes, il releva la tête et posa sur elle un regard de triomphe. Elle n'arrivait pas à croire qu'elle avait capitulé aussi vite.

— Vous prendrez votre café ou préférez-vous autre chose… ? murmura-t-il à son oreille.

Elle comprit parfaitement ce qu'il voulait dire. Son cœur battait la chamade. C'était si tentant de se laisser faire, de s'abandonner totalement à Marcus, même si une crainte la retenait encore.

— Non… oui…, bredouilla-t-elle.

Tout allait si vite, elle avait besoin de temps. Le réveil de ses sens était si brutal qu'elle redoutait ce qui allait se passer.

— Je peux peut-être vous aider à prendre votre décision, chuchota-t-il avant de s'emparer de nouveau de sa bouche.

Elle répondit à ce baiser avec un empressement qui la surprit elle-même. Son corps ne lui appartenait plus. La tête penchée en arrière, offrant son cou aux caresses de Marcus, elle découvrait une ivresse confinant au vertige.

— Tu es si belle, déclara-t-il d'une voix rauque.

La douceur de ses lèvres, qu'il venait de poser sur le haut de sa gorge, attisa l'impatience d'Eloïse. Ses seins gonflés de désir étaient presque douloureux dans l'attente de ses caresses. Lorsqu'il la plaqua impérieusement contre ses hanches, elle sentit sa virilité durcie contre son ventre, et manqua défaillir. Ne lui laissant aucun répit, il posa une main possessive sur son sein et, du pouce, en caressa langoureusement l'extrémité dressée.

— Allons dans la chambre, suggéra-t-il d'une voix sourde.

— Oui, répondit-elle dans un souffle.

En cet instant, rien au monde ne lui importait plus que d'appartenir à cet homme, le seul qu'elle avait jamais aimé.

Il la souleva et, sans interrompre ses baisers, l'emmena jusqu'à la chambre, où seule une petite lampe de chevet créait un halo de lumière dans la pénombre. La déposant délicatement sur le lit, il la débarrassa de son haut et de sa jupe d'une main experte, en ponctuant cette opération de baisers enflammés qu'il égrenait sur chaque parcelle de son corps fraîchement dévêtue. Il ne lui fallut que quelques secondes pour se déshabiller à son tour. Craintive et fascinée, Eloïse contempla la nudité parfaite de son compagnon. Son torse musclé prenait à la faible lumière de la pièce une magnifique couleur dorée. Le duvet soyeux qui recouvrait sa poitrine était plus discret sur son ventre, et plus dense et troublant en haut de ses cuisses. Elle détourna les yeux subitement, mais il l'obligea à le regarder et elle découvrit alors, stupéfaite, l'intensité de son désir pour elle.

Il la rejoignit sur le lit pour la couvrir aussitôt de baisers impatients. Avec une lenteur insupportable, il passa le bout de sa langue sur sa poitrine, y traçant des sillons aussi brûlants que délicieux. N'y tenant plus, elle cambra le dos pour mieux lui offrir son sein, et poussa un gémissement voluptueux lorsque la bouche de Marcus finit par en happer le bout désespérément tendu vers lui. Jamais elle n'aurait imaginé qu'un tel plaisir était possible. Mais, déjà, la main de Marcus descendait doucement le long de son ventre. Ses doigts se frayèrent un passage entre ses cuisses, et la caressèrent si légèrement que la sensation fut presque douloureuse. Incapable de contrôler davantage ses réactions, elle écrasa sa bouche sur son épaule et le mordit malgré elle. Alors il poursuivit doucement son exploration, et lui prodigua des caresses de plus en plus audacieuses. Tout son corps se tendit vers lui, alors qu'elle l'appelait d'une voix mourante.

Comme s'il n'avait attendu que cette ultime supplique pour exaucer son souhait, il lui souleva légèrement les hanches et, doucement, entra en elle. Elle ne sentit quasiment aucune douleur. En revanche, il s'immobilisa quelques secondes, manifestement étonné. Elle répéta alors son nom en tremblant. Répondant aussitôt à son appel, il émit un son étouffé et s'immisça au plus profond d'elle-même. Les mouvements de leurs corps enflammés, tantôt langoureux, tantôt passionnés, se répondaient avec une harmonie parfaite. Emportée dans un tourbillon de sensations enchanteresses, Eloïse se sentit soudain chavirer, et atteignit le sommet de la volupté dans un cri. Il confondit alors son plaisir avec le sien, formant avec elle un seul et unique être.

Lovée au creux de ses bras, elle le laissait caresser tendrement son corps et souriait de l'entendre murmurer des mots grecs qu'elle ne comprenait pas. S'interrompant soudain, il lui désigna une cicatrice qu'elle avait à l'intérieur de la cuisse.

— Qu'est-ce que c'est ?

— Rien du tout, répondit-elle prestement en croisant les jambes. C'est une ancienne blessure. Je suis désolée si cela te déplaît.

— Quelle idée ! s'exclama-t-il. C'est charmant au contraire. Mais tu ne l'avais pas autrefois.

La gorge soudain sèche, elle marqua un temps d'hésitation.

— Non..., dit-elle d'une toute petite voix. C'était il y a quatre ans environ. J'avais oublié les clés de mon appartement, j'ai donné un coup de pied dans la fenêtre, et je me suis blessée. Rien de grave, tu vois.

« Rien de grave », répéta-t-il, en embrassant la cicatrice. Il n'en fallut pas plus pour réveiller leur ardeur. Ils refirent l'amour, plus doucement, plus tendrement que la première fois, mais ressentirent un plaisir d'une égale intensité.

Alors qu'elle recouvrait ses esprits, Eloïse repensa à la question qu'il lui avait posée au sujet de sa blessure. Fermant les yeux, elle s'efforça de ne plus songer au passé. Rien ne devait gâcher cette nuit fabuleuse qu'elle venait de passer avec l'homme qu'elle aimait. Pour la première fois de sa vie, elle se découvrait femme. Instinctivement, elle se blottit contre Marcus, en soupirant d'aise.

La sonnerie du téléphone les arracha à cette tendre intimité. Marcus décrocha, et son visage prit une expression plus dure. Il échangea âprement quelques mots en grec avec son interlocuteur, et raccrocha.

— Tu attendais vraiment un appel !

Elle était ravie de savoir qu'il ne lui avait pas menti pour la faire venir jusque chez lui.

— Méfiante, n'est-ce pas ? la taquina-t-il. Pour tout te dire, je risque de passer du temps au téléphone cette nuit car j'ai une affaire à régler. J'aimerais beaucoup te garder auprès de moi, mais il vaut mieux que je te raccompagne avant que tes amis ne s'inquiètent !

— Je suis une adulte tout de même, lui fit-elle remarquer en riant.

— En effet.

Il lui adressa un clin d'œil coquin et, une fois de plus, elle se sentit devenir écarlate.

— Comme c'est charmant ! s'exclama-t-il. Tu ne cesses donc jamais de rougir ?

— C'est mon calvaire, lui avoua-t-elle avec une petite grimace.

— Et mon délice ! s'écria-t-il. Crois-moi, j'aurais bien aimé rester avec toi, murmura-t-il en lui caressant les lèvres.

— Nous avons tout notre temps, ne t'inquiète pas.

— Tu es un ange ! Va prendre une douche, si tu veux. Et prends garde… je pourrais être tenté de te rejoindre !

Assise sur le rebord du lit, Eloïse enroula le drap autour d'elle pour se lever. Elle n'avait pas le courage de se promener nue devant Marcus. En voyant son petit manège, il éclata de rire. Elle s'amusa à son tour de sa propre pudeur et, lui lançant un dernier regard énamouré, gagna la salle de bains. Exultant de bonheur sous la douche, elle imagina leur avenir commun. Il ne lui avait pas encore dit qu'il l'aimait, mais elle savait que c'était le cas.

Quelques minutes plus tard, de retour dans la chambre, elle s'étonna de ne pas l'y voir. Elle se vêtit rapidement, et le retrouva dans le salon, habillé lui aussi.

— Je dois me dépêcher de te raccompagner, Eloïse. Je viens de recevoir un deuxième appel. On dirait que, ce soir, tout le monde s'acharne à me faire travailler. Mais je t'appellerai demain, c'est promis.

Il avait toujours tenu ses promesses. Etant grec, rien ne comptait plus à ses yeux que l'honneur et la fierté. C'était pour cette raison qu'il en voulait tant à Chloé Baker d'avoir trahi la confiance de son oncle Théo en lui soutirant de l'argent. Eloïse en avait profité, elle aussi, mais à une époque où elle subissait encore l'influence néfaste de sa mère. Il s'était renseigné dans la journée : elle avait travaillé dur pour réussir et, contrairement à Chloé, n'accordait pas ses faveurs au premier venu lorsqu'elle manquait d'argent. Pourquoi donc se venger et gâcher ainsi une si belle histoire ? Après tout, chacun avait le droit à l'erreur une fois dans sa vie, et Eloïse était si jeune à l'époque !

— Je suis désolé, lui dit-il en la serrant dans ses bras.

Elle l'embrassa pour le faire taire.

— Je comprends parfaitement. Tu oublies que j'ai également une société à faire prospérer. En fait, je risque d'être très occupée ces prochains mois. Nous allons ouvrir une boutique en France.

— Déjà ?

— Oui, grâce à Ted. Hier soir, je suis sortie avec lui, comme tu le sais. Il m'a fait part de son intention d'investir dans un magasin à Paris. Je dois dire que nous avons passé un bon moment tous les deux. Il était 3 heures du matin quand il m'a raccompagnée, et je ne me suis pas endormie avant 5 heures. Le contrat a été signé aujourd'hui, et nous avons fêté ça, à midi au restaurant. Je commence à me sentir un peu fatiguée !

Marcus eut l'impression de recevoir un coup de poignard en plein cœur : « Raccompagnée à 3 heures, endormie à 5 heures » ! Un homme moins perspicace que lui n'aurait eu aucun mal à deviner ce qu'ils avaient fait ensemble pendant ces deux heures ! Et dire qu'il aurait juré être son premier amant...

— Tu ne manques pas de ressources, à ce que je vois.

Il bouillait intérieurement de s'être laissé duper par cette femme. Quand il pensait que, quelques minutes auparavant, il était prêt à lui pardonner ses erreurs d'autrefois ! Il n'arrivait pas à croire qu'elle puisse lui avouer qu'elle avait passé la nuit avec Ted sans la moindre gêne. Et pour de l'argent, par-dessus le marché ! Elle était bien la fille de sa mère... Cette fois-ci, la coupe était pleine ; elle allait payer à son tour.

— Allons-y maintenant, marmonna-t-il entre ses dents.

Dans la voiture, il jeta un bref coup d'œil de son côté. La tête renversée dans le fauteuil, un léger sourire flottant sur ses lèvres, Eloïse semblait perdue dans ses songes. N'avait-elle donc aucun scrupule ?

Lorsqu'il s'arrêta devant son immeuble, faisant un effort surhumain pour rester galant jusqu'au bout, il la raccompagna jusqu'à sa porte.

— Tu as tes clés ?

— Oui, bien sûr... Euh, tu veux entrer ? demanda-t-elle timidement, en se tordant les doigts.

— Non, je n'en ai pas le temps, répondit-il froidement, furieux qu'elle joue de nouveau l'ingénue.

— Merci pour cette très belle soirée, dit-elle alors, lui tendant la main, l'air mal à l'aise.

— Je crois que nous avons dépassé le stade de se serrer la main, non ? lui fit-il remarquer d'un ton cynique.

Ses maladresses ne l'attendrissaient plus. Il savait désormais que tout n'était que calcul, chez elle.

— Je te rappellerai. Mais je vais sans doute partir aux Etats-Unis bientôt.

Il la vit se décomposer, mais tâcha de garder la tête froide.

— Tu pars ? Tu promets de m'appeler ? demanda-t-elle en levant des yeux suppliants vers lui.

— Ça, tu peux en être certaine !

Sans lui laisser le temps d'ajouter un mot, il la prit dans ses bras et l'embrassa dans un baiser langoureux et sauvage à la fois. Quelques instants plus tard, il regagna précipitamment sa voiture et démarra, conscient de l'avoir laissée éperdue sur le trottoir.

4.

— Alors, qu'en penses-tu ?

Les yeux brillant d'excitation, Eloïse fit une pirouette dans sa nouvelle robe de soirée noire. Depuis une heure, elle défilait pour Katy, revêtue des nouveaux habits qu'elle venait de s'offrir. Ce samedi-là, elle avait passé sa journée à courir les magasins pour renouveler complètement sa garde-robe.

— Tu es magnifique ! Toutes ces tenues te vont à ravir. Moi qui pensais que tu ressemblerais à une étudiante toute ta vie…

— Oui, mais figure-toi que jusqu'à présent je n'avais jamais eu envie de m'habiller de manière aussi sophistiquée. Il faut dire que depuis que nous avons signé le contrat avec Ted, j'ai moins de scrupules à dépenser de l'argent pour moi. Et puis, il faudra que je sois élégante pour l'ouverture du magasin à Paris.

— Si tu veux mon avis, je crois surtout que ton engouement soudain pour les vêtements n'est pas étranger à ta rencontre avec un séduisant Grec dont j'ai cru entendre parler, la taquina Katy. Je suis très heureuse pour toi, mais méfie-toi malgré tout.

Katy avait vu juste. Depuis son dîner avec Marcus, elle était une autre femme. Cela faisait maintenant quatre jours qu'elle attendait de ses nouvelles, et il lui manquait terriblement. Le seul souvenir de ses baisers suffisait à l'enflammer. Elle avait peine à croire que la jeune femme réservée qu'elle était encore il y a quelques jours se soit métamorphosée à ce point. Comme une adolescente, elle passait ses journées à rêvasser. Seule la sonnerie du téléphone parvenait à l'arracher à ses songes. A chaque fois, elle espérait qu'il s'agirait de Marcus.

— Tu m'écoutes, Eloïse ? Je te conseille de rester prudente.

— Je ne comprends pas de quoi tu parles, répondit-elle, de mauvaise foi. Je n'ai dîné qu'une seule fois avec lui !

Evidemment, elle s'était bien gardée de lui raconter le reste de la soirée !

— Tu me connais, enfin, Katy ! Je n'ai jamais été du genre à m'emballer facilement, poursuivit-elle en jetant un coup d'œil à sa montre. Je vais te raccompagner chez toi, Harry ne devrait plus tarder.

A ce moment, elles l'entendirent appeler « Katy ! », en bas de l'escalier.

— Quand on parle du loup ! s'exclama Eloïse, avant d'aider son amie à descendre l'escalier.

Harry rentrait victorieux de Paris où il avait réussi à acheter leur future boutique. Tout allait pour le mieux. Un coup de fil de Marcus, et ce serait le paradis.

Le lendemain, Eloïse décida de s'installer près du téléphone. Elle parcourait paresseusement la rubrique mondaine des journaux du matin quand son regard fut arrêté par une petite photo, surmontée de la légende suivante : « Marcus Kouvaris et sa ravissante compagne Nadine à un bal de charité à Londres, jeudi soir. » Jeudi ! Le lendemain de la soirée qu'ils avaient passée ensemble.

Incapable de détacher ses yeux de l'image, elle sentit les larmes lui monter aux yeux. Comme elle avait été naïve d'imaginer que sa relation avec lui pourrait être sérieuse ! De son petit nuage, elle avait imaginé qu'il l'aimait, sincèrement, alors qu'il ne lui avait finalement lancé qu'un désinvolte « je t'appellerai ». Elle avait été suffisamment sotte pour le croire et se ruer dans les magasins pour lui plaire.

Le journal tomba à ses pieds. La vue brouillée par les larmes, elle entra dans sa chambre et se jeta sur son lit, secouée de sanglots, la tête enfouie sous un oreiller. Elle se souvenait de chacun de ses baisers, de chacune de ses caresses, et surtout de la joie qui l'avait submergée au moment où il avait pris possession de son corps. Hélas ! Pour lui, elle n'avait été qu'un trophée de plus à son glorieux palmarès de séducteur. Lorsque, épuisée, elle finit par s'endormir, ce fut pour retrouver en rêve le visage ténébreux de Marcus.

Le travail seul lui permit de ne pas sombrer dans la dépression. Malgré cela, dès qu'elle avait un instant de libre, elle ne pouvait s'empêcher de chercher des explications à la conduite de Marcus. Sournoisement, l'espoir s'immisçait dans son cœur. Nadine n'était peut-être qu'une amie après tout. Il y avait sûrement une excellente raison à son silence…

Avril et mai passèrent cependant sans qu'elle ne reçoive de nouvelles. Elle se fit alors une raison : Marcus ne rappellerait jamais ; il l'avait bel et bien oubliée. L'histoire, cruellement, se répétait. Heureusement, elle consacrait l'essentiel de son temps à l'élaboration d'une nouvelle collection de bijoux pour l'inauguration du magasin à Paris.

Katy donna le jour à un adorable petit garçon prénommé Benjamin, un événement dont Eloïse se réjouit beaucoup, mais qui l'obligea à travailler deux fois plus. Comme elle n'avait plus assez de temps pour dessiner, elle prit la décision d'employer un jeune homme tout juste sorti de l'université, Peter, pour l'aider à monter les pierres, et une chaleureuse dame de cinquante ans, Floe Brown, qui était une secrétaire hors pair. Lorsqu'elle n'assistait pas Harry dans ses travaux, cette dernière n'hésitait pas à garder le bébé, pour laisser Katy travailler à son tour. Cette nouvelle organisation fonctionnait à merveille.

Finalement, Eloïse ne regrettait pas d'avoir investi dans une nouvelle garde-robe. Ces vêtements lui donnaient davantage confiance en elle. Son expérience avec Marcus lui avait laissé un goût amer qui l'avait endurcie. Se sentant plus mûre et plus volontaire qu'auparavant, elle n'hésitait pas à endosser de nouvelles responsabilités. Jusqu'à présent elle avait toujours laissé Harry et Katy s'occuper des relations publiques, néanmoins, comme ils étaient accaparés par leur nouveau rôle de parents, elle s'en chargeait désormais volontiers, surprise d'y trouver autant de plaisir. Le jour de l'inauguration de la joaillerie à Paris approchait à grands pas, elle savait que nombre de mondanités l'attendaient à cette occasion — mais elle se sentait prête à les affronter.

C'était un bel après-midi de juin, à deux heures de l'ouverture du magasin de la rue du Faubourg-Saint-Honoré. D'un œil de lynx, Eloïse inspectait l'élégante boutique. Elle était très fière de sa nouvelle collection, et espérait bien obtenir le succès qu'ils méritaient. Ils avaient dépensé des sommes considérables, allant même jusqu'à s'endetter, pour s'installer ici. D'après Harry, cet investissement très lourd serait vite rentable. Dans le cas contraire… ils seraient tous à la rue. Sentant l'angoisse lui serrer l'estomac, Eloïse prit une profonde inspiration.

— Jeff, je te laisse seul, ne touche à rien, je t'en prie. Je reviendrai avec Katy et Harry à 17 h 30. D'accord ?

— Cesse de te tracasser, la sermonna-t-il. A ta place j'irais plutôt me faire belle ! Dis-toi bien que si la moitié des gens qui sont invités se déplacent, ce sera déjà un succès. De plus, Julian a l'intention de prendre des photos pour les magazines de mode, ce qui vous fera une excellente publicité. Tout va bien se passer, tu verras… Mais détends-toi un peu !

Eloïse tint compte de ce conseil et regagna son hôtel sans tarder.

Face au miroir de sa salle de bains, elle achevait de se préparer. Ses boucles cuivrées, relevées sur le sommet de sa tête en chignon auréolaient son visage qu'elle avait légèrement maquillé pour l'occasion. Un simple trait d'eye-liner et un peu de mascara avaient suffi à intensifier l'éclat de ses yeux, tandis qu'une touche de rouge à lèvres mettait en valeur l'ourlé parfait de sa bouche. Le collier serti d'une pierre de jade qui ornait son cou exaltait la pâleur de son teint. Des boucles d'oreilles assorties et un large bracelet en or complétaient sa parure.

Nerveuse, elle lissa une dernière fois la soie de son fourreau noir puis ramassa son sac pour aller retrouver ses amis dans le hall de l'hôtel.

— Ce n'est pas trop tôt ! s'écria Harry. On va finir par manquer l'inauguration !

Visiblement, il avait le trac, lui aussi.

— Ne t'en fais pas. Tout ira bien, j'en suis sûre, le rassura-t-elle.

Elle avait raison. Trois heures plus tard, la boutique regorgeait de monde. Les plus célèbres créateurs de Paris s'étaient déplacés, attirant dans leur sillage leurs clients les plus riches. Un grand nombre de bijoux s'étaient déjà vendus. Une dame âgée avait même essayé de la convaincre de lui vendre son collier ! L'inauguration était un réel succès. Heureuse et rassurée, Eloïse s'octroya enfin une coupe de champagne.

— Je vous félicite, Eloïse ; c'est une vraie réussite ! s'écria Ted qui venait de se frayer un chemin parmi les invités pour la retrouver.

— Grâce à vous, ne l'oubliez pas, lui répondit-elle avec un sourire radieux.

— Ne sous-estimez pas votre rôle, ma chère, s'empressa-t-il de répondre. A propos, vous connaissez bien Marcus Kouvaris ?

Elle se raidit instantanément.

— J'ai dîné avec lui, il y a quelques mois, répondit-elle rapidement. Nous sommes... amis... ou plutôt des connaissances, pour être exacte.

— C'est bien ce que je pensais, déclara-t-il, l'air soulagé.

— Pourquoi cette question ?

— Et si je vous invitais à dîner pour tout vous expliquer ?

L'idée de parler de Marcus ne la réjouissait guère, mais elle ne pouvait pas refuser cette invitation à Ted, qu'elle aimait beaucoup, au demeurant.

— C'est d'accord.

Elle fit quelques pas pour poser sa coupe sur le buffet.

— Bonjour, Ted ! Je suis content de vous revoir.

Cette voix profonde, cet accent étranger… Impossible de se tromper, c'était Marcus. Que faisait-il ici ? Elle ne l'avait pas invité ! Tâchant de se composer un visage détendu, elle se retourna, et l'aperçut à quelques mètres d'elle. Il observait un modèle de la collection avec la plus grande attention. Son costume d'été crème faisait ressortir sa peau mate et ses yeux bruns. Son charisme était tel qu'elle ne pouvait détacher les yeux de sa personne. Comme s'il avait senti son regard se poser sur lui, il leva la tête et lui adressa un large sourire. L'envie de lui crier « où étais-tu passé ces trois derniers mois ? » la démangea, mais elle fit un effort surhumain pour lui sourire à son tour, comme si de rien n'était, avant de détourner son regard.

Elle feignait de s'intéresser à ce dont l'entretenait la vieille dame qui avait admiré son collier quelques instants avant et qui tenait manifestement à la féliciter une fois de plus. Une main effleura alors son épaule ; c'était Marcus qui venait la saluer.

La colère et la honte la submergèrent. « Calme-toi », se sermonna-t-elle. Les aventures sans lendemain étant monnaie courante de nos jours, elle n'avait aucune raison de se sentir gênée en sa présence.

— Marcus, quelle surprise ! J'aurais imaginé que vous étiez bien trop occupé pour assister à ce genre de réception, lui lança-t-elle, d'un ton poli et froid.

— Je n'aurais manqué cette inauguration pour rien au monde, répondit-il doucement. Je suis vraiment désolé de ne pas vous avoir fait signe plus tôt, mais j'ai eu beaucoup de travail, ajouta-t-il avec un sourire désarmant.

— Je comprends.

Echanger des propos mondains avec un homme dont elle avait été si proche lui semblait surréaliste. Cette politesse affectée et surtout la désinvolture de Marcus à son égard la révoltaient, mais elle s'efforça de n'en rien laisser paraître. Que pouvait-elle dire de toute façon ? Elle n'avait aucun droit sur lui.

— J'en étais sûr, déclara-t-il, avec une pointe d'ironie dans la voix.

— Disons que je suis une fille très compréhensive, rétorqua-t-elle alors, en essayant de faire de l'humour.

— Une très belle fille surtout.

En disant ces mots, Marcus caressa du bout du doigt la pierre de jade qu'elle portait autour du cou.

— Une de vos créations ?

Il était bien trop près... Si près qu'elle pouvait sentir les effluves épicés de son eau de toilette. Instinctivement, elle fit un pas en arrière.

— Oui.

— Félicitations. On dirait que le succès vous tend les bras.

— Merci. Nous l'espérons tous ici.

— Je ne me fais aucun souci. Votre mère est toujours parvenue à ses fins en affaires, et je sais à présent que vous avez hérité de son talent.

— Vous croyez ?

— J'en suis certain, répondit-il en levant un sourcil amusé. Mais trêve de politesse. Venons-en au fait. Il faut que je vous explique la raison de ma présence ici.

— Pour tout dire, je suis un peu étonnée de vous voir, dit-elle alors d'un ton pincé. Je ne crois pas vous avoir invité.

— Vous non, mais Ted oui.

Interloquée, Eloïse garda le silence quelques secondes. Que s'était-il tramé derrière son dos ?

— Je ne savais pas que vous connaissiez aussi bien Ted, articula-t-elle finalement.

— Disons que nous avons eu l'occasion de faire connaissance, rétorqua-t-il, l'air sibyllin. Mais parlons plutôt de vous. Vous êtes toujours célibataire ?

Quelle impudence ! Il semblait prêt à tout pour la déstabiliser.

— Je ne vois pas en quoi ça vous regarde ! se récria-t-elle.

— Vous avez raison, répondit-il aussitôt. Je ne voulais pas vous offenser. Ne m'en veuillez pas, et acceptez que je vous invite à dîner ce soir.

Pour qui la prenait-il ? Il avait couché avec elle, ne l'avait jamais rappelée, et imaginait qu'il lui suffisait de claquer dans ses doigts pour la reconquérir ?

— Non, merci, j'ai déjà un rendez-vous ce soir.

— Quel dommage ! Mais ce n'est que partie remise. J'ai cru deviner que vous aviez apprécié ma compagnie la dernière fois que nous nous sommes vus...

Comment osait-il lui rappeler cette soirée ? Elle dut se souvenir de l'endroit où elle se trouvait pour ne pas l'insulter. Heureusement Katy, qui venait de l'apercevoir, lui fit un grand signe. Elle était sauvée.

— Quelle soirée ! s'exclama son amie, l'air aussi excitée qu'une petite fille un soir de Noël.

— C'est vrai, reconnut Eloïse d'un air lugubre.

— Pour l'amour du ciel, souris un peu ! Nous avons gagné notre pari, non ? Au lieu de rester dans ton coin, tu ferais mieux de me présenter ce bel homme, suggéra-t-elle, tout sourire pour Marcus.

Contrainte et forcée, Eloïse dut se résoudre à faire les présentations. En quelques mots bien choisis, le traître parvint à charmer Katy. Harry fit alors son apparition.

— Vous connaissez Harry ? demanda la jeune femme de mauvaise grâce.

— Bien sûr, la première fois que je vous ai vu, vous gardiez l'entrée de votre immeuble. Un vrai cerbère ! plaisanta-t-il. Je ne vous le reproche pas d'ailleurs. Ça ne doit pas être une mince affaire de protéger deux femmes aussi belles que Katy et Eloïse.

La « première fois » ? Autant qu'Eloïse s'en souvenait, Marcus n'avait croisé Harry qu'une seule fois.

— Voilà un beau discours machiste ! commenta Katy.

— Je le reconnais, oui. Pour me faire pardonner, j'aimerais tous vous inviter à dîner.

— Sûrement pas ! s'écria Ted. C'est moi qui vous invite tous. Eloïse m'a déjà promis qu'elle viendrait.

Elle était prise au piège. Devant tout ce monde, il était impossible de refuser. Il faudrait donc supporter la présence de Marcus quelques heures encore.

— Dans ce cas, il ne nous reste plus qu'à saluer nos invités. Julian et Ted se chargeront de la fermeture du magasin.

Une heure plus tard, attablés dans un club du quartier latin, ils se régalaient de mets raffinés et discutaient joyeusement.

— Je n'ai jamais autant mangé de ma vie, déclara Katy, en s'adossant à sa chaise. Je crois qu'il est temps pour nous de rentrer. Floe s'occupe de Benjamin, et je ne voudrais pas abuser de sa gentillesse.

56

— Avant que vous ne partiez, j'ai une annonce à faire, intervint Ted.

Pendant tout le repas, Eloïse avait souffert le martyre. Impuissante, elle avait constaté avec quelle habileté Marcus avait su s'attirer la sympathie de Katy. Manifestement, il se sentait en terrain conquis parmi eux. Pourquoi était-il venu gâcher ce qui aurait pu être une si belle soirée ? Se sentant humiliée, et consciente qu'il essayait de capter son regard, elle tourna la tête dans une autre direction, ce qui ne l'empêcha pourtant pas de le voir échanger un clin d'œil complice avec Ted. Qu'étaient-ils en train de manigancer ?

— Voilà… J'ai revendu toutes mes parts à Marcus, leur apprit enfin Ted. Il m'a fait une offre que je n'ai pu refuser. Rassurez-vous, il est prêt à investir deux fois plus d'argent que moi dans la société. Maintenant, libre à vous de vous implanter à New York, si vous le souhaitez.

Eloïse prit la nouvelle de plein fouet. Marcus et elle partenaires ? C'était impossible ! Le seul partenariat qu'elle avait jamais envisagé avec lui était le mariage. Mais de cela, il n'était bien sûr plus question. Elle leva les yeux vers lui. Il la regardait aussi, mais son visage demeurait totalement inexpressif, si bien qu'elle ne sut que penser.

— Harry, tu étais au courant ? demanda Katy.

— Oui. Je ne vous en avais pas parlé parce que vous étiez suffisamment absorbées l'une et l'autre ; toi par le bébé, et Eloïse par la somme de travail qu'elle a dû fournir avant l'ouverture de la nouvelle boutique, expliqua-t-il. Et puis, nous avons conclu ce marché il y a trois jours seulement. Nous ne voulions pas que la nouvelle s'ébruite. La presse en aurait peut-être tiré de fausses conclusions.

— Votre mari a raison, renchérit Marcus. Je tiens, en outre, à préciser que je n'interférerai pas dans votre travail. Vous conservez une complète liberté artistique. Mon rôle se limitera à approvisionner les comptes de la société dès que nécessaire.

Le piège se refermait sur elle. Il serait désormais impossible d'échapper à cet homme odieux qui s'acharnait à la faire souffrir. De l'autre côté de la table, il continuait de l'observer avec, sur les lèvres, un sourire sans joie.

— Tout ira bien, Eloïse, la rassura Harry.

— Peut-être, mais j'aurais préféré que l'on en discute avant.

Manifestement, personne ne partageait son opinion. Ted qui avait le vin gai, un peu trop sans doute, ne cessait de plaisanter. Et Katy, qui n'en était plus à son premier verre non plus, s'entretenait gaiement avec Marcus.

— Cet arrangement te convient-il ? lui demanda finalement cette dernière. Selon moi, c'est une opportunité incroyable.

« Une opportunité pour qui ? » se demanda Eloïse. Et pourquoi lui poser la question puisque l'affaire était déjà réglée ?

— Tu as sans doute raison, dit-elle à contrecœur.

A bien y réfléchir, cette histoire n'avait aucun sens. Si Marcus l'avait aimée, elle aurait pu comprendre sa décision. Mais, sachant qu'il ne lui avait pas donné signe de vie pendant trois mois, ce partenariat était absurde. A quel jeu jouait-il donc ?

— Je sais que j'ai promis de ne pas interférer dans vos affaires…, commença-t-il.

A ces mots, elle tendit l'oreille, non sans inquiétude.

58

— ... Mais je trouve que KHE est un nom un peu obscur. Vous n'avez jamais pensé à « Eloïse », tout simplement. Selon moi, ce prénom s'accorde très bien à l'esprit de vos créations. Il est à la fois féminin et sophistiqué.

Un silence de glace tomba sur eux. Le lien qui les unissait tous les trois devait vraisemblablement le dépasser.

— Nous y avons pensé, Marcus, répondit Katy avec calme. Mais nous préférons la consonance mystérieuse de KHE.

Fort heureusement, cette explication suffit à Marcus qui approuva de la tête, avant d'inviter Katy à danser « pour lui faire oublier cette maladresse ».

— Désolée, Marcus. Nous devons retrouver notre fils, maintenant, répondit-elle avant de se lever. Et si j'en juge par l'état de Ted, nous ferions mieux de le raccompagner jusqu'à son hôtel. Je doute qu'il soit capable de retrouver son chemin seul.

— Et vous, Eloïse ? s'enquit-il alors. M'accorderez-vous cette danse ? Il est encore tôt, vous n'allez tout de même pas rentrer ?

Danser avec lui était la dernière chose qu'elle souhaitait. Pendant le dîner, elle avait dû faire un effort considérable pour dissimuler son trouble lorsque, par mégarde, leurs jambes se touchaient sous la table ou qu'il posait amicalement la main sur son bras dans le feu de la conversation.

— Non... Je crois que je vais plutôt rentrer...

— Enfin, Eloïse ! Reste si tu veux, intervint Katy. Tu as beaucoup travaillé ces derniers temps, tu as bien le droit de t'amuser !

— Je suis encore capable de prendre mes décisions toute seule, rétorqua-t-elle sèchement.

Katy, l'air embarrassé, fit amende honorable.

— Oui, c'est vrai. Je te demande pardon.

— Ce n'est pas grave, la rassura-t-elle avant de se tourner vers Marcus. Je veux bien rester un peu plus.

Elle s'était promis de ne plus jamais se laisser intimider par cet homme. Il n'était pas question de jouer les effarouchées devant lui.

Quelques minutes plus tard, ils dansaient au son langoureux d'un air de jazz. Toujours sur le qui-vive, Eloïse avait toutes les peines du monde à ne pas paraître trop raide. Marcus devait le sentir, car plus elle se crispait, plus les mains de celui-ci se resserraient sur sa taille. Elle sentit la chaleur de son souffle tout contre son cou, et ne put réprimer un frisson. Furieuse de s'être trahie de la sorte, elle recula un peu, planta ses yeux dans les siens, bien décidée à connaître le fin mot de l'histoire.

— Je crois que tu me dois une explication, dit-elle en adoptant volontairement un ton plus familier. Tu ne m'as pas donné de nouvelles pendant trois mois, et aujourd'hui, tu achètes une part de ma société.

Un petit sourire de triomphe flotta quelques secondes sur les lèvres de son compagnon. Il s'était manifestement attendu à ce qu'elle lui pose la question.

— Tu le sais aussi bien que moi, répondit-il doucement.

— Je ne vois pas du tout ce que tu veux dire.

Une idée saugrenue traversa soudain l'esprit de la jeune femme. Pris de remords à l'idée de ne pas l'avoir rappelée, Marcus avait peut-être racheté la part de Ted pour se faire pardonner ? Etait-ce une manière de lui faire comprendre qu'il tenait à elle ? Quelques instants, elle se raccrocha à cet espoir fou, si bien qu'elle alla jusqu'à lui sourire timidement.

60

« Cette femme ne cessera donc jamais de jouer les innocentes », pensait Marcus de son côté. Elle savait parfaitement ce dont il voulait parler. Sinon, pourquoi ce sourire ? Pour le moment, il éprouvait une joie féroce à la tenir dans ses bras, à sentir sous ses mains la douceur de sa peau. *Christos*, elle était si belle ! Mais attention, il devait prendre garde à ne pas se laisser aller.

— Nous devons parler. En privé, bien sûr. Je te laisse le choix : mon appartement ou ton hôtel ?

Eloïse craignait de succomber de nouveau à son charme. Dans ses bras, sa volonté fondait comme neige au soleil. D'autant plus que sa dernière question était pleine de sous-entendus.

— Voilà une formule très élégante ! lui fit-elle remarquer en riant pour masquer son malaise. J'ai déjà entendu mieux.

— Je n'en doute pas, rétorqua-t-il d'une voix sombre. Sache tout de même que, contrairement à Ted, j'attends un peu plus qu'une simple aventure d'une nuit.

Ce changement de ton était aussi brutal qu'inattendu.

— Comment ?... Tu penses que... Ted et moi ? bredouilla-t-elle.

D'un geste vif, Marcus saisit son bras et la raccompagna à leur table.

— Je sais que tu as volé ma famille, murmura-t-il en chemin.

Profondément remuée par cette double accusation, Eloïse sentit son sang se glacer dans ses veines.

— J'ai bien l'intention de te faire payer ce que tu me dois, annonça-t-il toujours à mi-voix. Tu seras ma maîtresse jusqu'au jour où je me considérerai comme dédommagé.

Pour Eloïse, le choc était tel que ses jambes ne la portaient plus. Doucement, elle s'assit sur la chaise que Marcus lui présentait, puis leva sur lui un regard incrédule. A son expression figée, elle comprit qu'il ne plaisantait pas. Non seulement il lui reprochait d'avoir eu une liaison avec Ted, ce qui était absurde mais, en plus, il avait le front de la traiter de voleuse. Il devait avoir perdu la raison.

— Tu es fou, dit-elle finalement.

— J'ai des preuves, répondit-il froidement. Cette fois-ci, tu vas devoir assumer les conséquences de tes actes.

— Je n'ai jamais rien volé de ma vie et j'ignore ce dont tu parles, se récria-t-elle, indignée.

— Menteuse, répondit-il avec aplomb. Tu as couché avec moi dans le seul but de m'amadouer... pour mieux me rouler ensuite. Je dois reconnaître que je me suis presque laissé prendre au piège.

C'était plus qu'elle ne pouvait supporter. Elle qui avait mis toute sa confiance en lui le soir où ils avaient fait l'amour ! Si leur relation avait duré, elle aurait peut-être même eu le courage de lui raconter ce qui lui était arrivé quatre ans avant.

Il n'y avait plus qu'une solution : fuir. Aussi ramassa-t-elle son sac à main, et essaya-t-elle de se lever, mais, d'une main, Marcus la força à se rasseoir.

Paralysée sur sa chaise, incapable de comprendre l'attitude de son compagnon, elle ne put articuler un mot.

— Tu fais bien de garder le silence. Tu es très douée pour jouer les saintes-nitouches, mais j'ai fini par te démasquer, petite voleuse. Tu es la digne héritière de ta mère ! railla-t-il. Malgré tout, je reste sensible à ta beauté, et compte bien en profiter. Désormais, tu es à moi.

Ses propos insensés la faisaient souffrir hors de toute proportion ; non content de la considérer comme une prostituée, il venait en plus de salir la mémoire de sa mère.

— Puis-je savoir ce que ma mère vient faire dans cette histoire ? demanda-t-elle d'une voix tremblante.

— Tu tiens vraiment à ce que je te rappelle les faits ? dit-il en haussant les épaules. Bon… tu l'auras voulu. Avec ta complicité, Chloé a séduit mon oncle, et l'a persuadé d'investir un demi-million de dollars dans un projet de joaillerie qui n'a jamais abouti. A peine Théo avait-il signé le chèque que vous aviez disparu dans la nature.

Eloïse sursauta d'effroi. Une crainte secrète vint s'insinuer en elle. Serait-il possible que sa mère ait commis un tel forfait ? Chloé lui avait semblé très proche de Théo Toumbis, c'est vrai, et pourtant, elle était partie de Rykos sans même lui avoir dit au revoir. Lui avait-elle emprunté de l'argent ? A vrai dire, Eloïse n'avait jamais suffisamment connu sa mère pour être en mesure d'élucider ce mystère. Une chose était sûre : au nom du respect qu'elle devait à la mémoire de cette dernière, elle ne pouvait pas laisser Marcus proférer de telles accusations. Mais, dans l'immédiat, elle allait mettre les choses au point sur leur relation.

— Parce que tu crois que je vais accepter d'être ta maîtresse ? Pour m'acquitter d'une prétendue dette ? Tu rêves !

— Dans ce cas, permets-moi de reformuler ma proposition. L'alternative est la suivante : tu acceptes ou je mets immédiatement un terme au contrat qui me lie avec KHE. Sans moi, tes amis et toi serez incapables d'assumer le coût de ce nouveau magasin de Paris, à moins de vous endetter considérablement — et dans ce cas, ce serait la banqueroute assurée en quelques semaines.

— Tu n'as pas le droit de faire ça !

La froide détermination qu'elle lut dans les yeux de Marcus la fit frémir de peur et de colère. Jamais elle n'aurait imaginé plus odieux chantage. Non, il ne gagnerait pas si facilement !

— Je n'ai pas l'intention de me laisser faire ! s'écria-t-elle, indignée.

— Tu ne peux rien faire, Eloïse. Je te laisse jusqu'à demain pour me donner ta réponse. Essaie tout de même de penser à Katy et Harry. Que deviendraient-ils, avec leur petit bébé, si toute votre entreprise s'effondrait demain ? demanda-t-il d'une voix horriblement suave. En attendant, je vais t'appeler un taxi, tu réfléchiras tout à ton aise dans ta chambre d'hôtel.

— Je me débrouillerai seule pour trouver un taxi. Ma décision est déjà prise : c'est non. Ton chantage ne marche pas, assena-t-elle. Dès demain, je prendrai des dispositions pour mettre un terme à ce contrat absurde.

— Dans ce cas, rendez-vous au tribunal.

A ces mots, elle s'immobilisa. Quelques centimètres la séparaient de la sortie, mais elle était incapable de faire le moindre geste. Elle avait déjà dû témoigner au cours d'un procès… C'était le pire souvenir de sa vie. Elle s'efforça de reprendre calmement sa respiration, puis se retourna vers Marcus.

— Qu'entends-tu par là ?

— Si tu refuses ma proposition, je vous intenterai un procès pour escroquerie. C'est à toi de décider. Seulement, je n'ai plus la patience d'attendre jusqu'à demain, je veux ta réponse tout de suite.

Tant de cruauté la laissa pantoise. Ce monstre ne pouvait être l'homme qu'elle connaissait ; l'amoureux délicat, soucieux de ne pas brusquer l'innocente jeune fille qu'elle était en Grèce, et l'amant passionné qui avait fait d'elle une femme quelques semaines auparavant. Pourtant, elle devait voir la vérité en face. Un ou deux mots doux et quelques caresses avaient eu raison de sa vigilance. Elle aurait dû savoir pourtant que les hommes n'obéissaient jamais qu'à leurs pulsions. Quatre ans plus tôt, elle s'était juré de ne plus jamais faire confiance à l'un d'eux. Désormais, elle tiendrait parole.

— Ta décision est-elle prise, Eloïse ?

Elle redressa ses épaules, fermement décidée à lui rabattre son caquet.

— Je veux d'abord que tu me montres les preuves juridiques de ce que tu avances au sujet de Chloé.

Il la toisa, l'air amusé.

— Comme tu veux. Tous les contrats sont dans mon appartement, à dix minutes d'ici.

Il avait un appartement à Paris ! Elle aurait dû s'en douter. Marcus était un homme d'affaires redoutable et redouté, connu dans le monde entier. Manifestement, il aimait posséder. Hôtels, appartements ou femmes — tout était bon pour satisfaire son désir de puissance.

Il la prit par le bras, et la guida vers la sortie. A son grand désespoir, ce simple contact suffit à l'électriser. L'attirance qu'elle éprouvait pour lui était quasiment magnétique, animale… Pourtant elle le haïssait !

L'appartement de Marcus était un petit pied-à-terre, situé au dernier étage d'un immeuble cossu, face à la Seine. Le salon aux poutres apparentes était sobre et élégant. La minuscule cuisine ne devait servir qu'à préparer du café. Une porte entrouverte menait à la chambre à coucher.

Eloïse s'approcha de la fenêtre et admira les reflets de la lune qui semblait se noyer dans le fleuve, tout en se demandant ce qu'elle faisait là.

— Puis-je t'offrir un verre ? lui proposa Marcus, comme si de rien n'était.

— Non, ce n'est pas la peine, répondit-elle sèchement. Montre-moi tes documents, que l'on en finisse avec cette plaisanterie.

Il ouvrit alors le tiroir d'un secrétaire, et sortit un dossier.

— Viens t'installer au bureau, tu y seras plus à l'aise pour lire. Et surtout prends tout ton temps.

D'une main tremblante, elle ouvrit le dossier. A première vue, il s'agissait d'un contrat entre Chloé et Théo Toumbis. En parcourant les premières lignes, elle apprit que Théo avait acheté la moitié des parts d'une nouvelle joaillerie — « Eloïse »— que Chloé devait implanter en plein cœur de Londres. Sur la dernière page du document, elle découvrit, horrifiée, trois signatures : celle de Chloé Baker, Théo Toumbis, et… Eloïse Baker. L'imitation de son écriture était très réussie, au petit détail près que Baker n'avait jamais été son nom.

— Je n'ai jamais signé ce contrat ! s'écria-t-elle. C'est la première fois de ma vie que je le vois. Et puis, mon nom est Smith.

— Bien sûr ! Tu n'es jamais allée à Rykos, tu n'as jamais prétendu être la sœur de ta mère, et tu ignores tout de ce contrat !

— Crois-moi, Chloé a contrefait ma signature, murmura-t-elle.

Une douleur sourde l'étreignit. Marcus avait dit vrai au sujet de la trahison de sa mère. Désormais, il serait impossible de le convaincre qu'elle-même était innocente. N'avait-elle pas menti à cette époque en prétendant être la sœur de Chloé ? Un avocat n'aurait aucun mal à exploiter cela pour l'enfoncer. Elle laissa tomber le dossier à terre, si bien que toutes les chemises qu'il contenait se retrouvèrent sens dessus dessous. Son regard fut alors attiré par une pochette bleue dont le coin dépassait du tas. Elle la reconnut instantanément.

— Oh, non !

D'une main tremblante elle l'ouvrit, mais savait déjà ce qu'elle contenait.

— Et si, répliqua Marcus d'une voix triomphale. J'ai pensé que tu aurais peut-être besoin de ce document. Après tout, ces papiers t'appartiennent.

Il lui tendit un verre de cognac qu'elle accepta sans broncher. Comme un automate, elle en avala le contenu, ce qui lui arracha une violente quinte de toux. Puis, tenant la pochette d'une main, son verre de l'autre, elle alla s'asseoir sur le canapé. Comment sa mère avait-elle pu lui faire ça ?

La pochette bleue contenait le mémoire qu'elle avait soutenu avant de quitter l'université. Un projet professionnel qui comprenait une étude de marché, les aspects techniques et créatifs de la conception de bijoux et ses enjeux publicitaires. Pour ce travail, elle avait obtenu les félicitations du jury.

Quand elle l'avait montré à sa mère, celle-ci n'avait pas été avare de compliments. Visiblement très fière, Chloé l'avait chaleureusement félicitée, avant de lui demander si elle pouvait garder ce mémoire en souvenir.

Jamais elle n'aurait pu imaginer que sa mère l'utiliserait pour soutirer de l'argent à un homme. Elle ferma les yeux quelques secondes. Lorsqu'elle les rouvrit, elle constata que Marcus, confortablement installé dans un fauteuil près de la cheminée, avait l'air parfaitement indifférent. Un mouvement de révolte la fit revenir à elle.

— Je t'accorde que ma mère n'a pas été honnête avec ton oncle. Mais avec moi non plus, hélas ! Elle a subtilisé mon mémoire universitaire. KHE n'a rien à voir avec tout ça, lui lança-t-elle d'un air de défi.

Elle ramassa son sac, bien décidée à rentrer chez elle.

— Et puis, Théo et Chloé sont morts. Je ne crois pas qu'un procès soit possible, conclut-elle, sarcastique.

— Eloïse, ta connaissance de la loi laisse à désirer. De grâce, contente-toi de dessiner ! ricana-t-il. En tant qu'exécuteur testamentaire de Théo, je suis habilité à défendre les intérêts de sa famille. Je sais que l'argent qu'il a donné à ta mère a été versé sur un compte joint à vos deux noms, et que tu as tout dépensé pour monter ton affaire.

— Mon Dieu ! s'exclama-t-elle, épouvantée.

Elle se souvint qu'elle avait accepté d'ouvrir ce compte joint pour faire plaisir à sa mère. Dans son esprit, il devait servir à l'argent de la vente de la maison de ses grands-parents. A la mort de Chloé, elle avait été surprise de trouver à la banque une somme plus importante que prévu. L'avocat lui avait alors fait remarquer que la défunte avait toujours eu la main heureuse en affaires et cette explication lui avait suffi.

A présent, elle devait affronter la vérité. Sa mère n'avait eu aucun scrupule à lui voler son mémoire pour faire croire à Théo qu'il investissait dans une vraie société !

Un mythe s'effondrait. Durant toute son enfance, elle avait voué une admiration sans bornes à Chloé, si vive, si brillante, si élégante. Cette désillusion était le coup de grâce de cette soirée cauchemardesque.

— J'attends votre réponse.

La voix métallique de Marcus l'arracha à ses pensées.

— Le tribunal ou moi ?

Le choix n'en était pas un. Jamais de sa vie, elle ne pourrait remettre les pieds dans un tribunal... Pas après ce qui lui était arrivé. Elle se résolut à regarder Marcus. De profil, son visage taillé à la serpe semblait aussi inexpressif qu'un masque. Elle comprit qu'elle ne parviendrait jamais à faire changer d'avis un être aussi insensible que lui.

— Pourquoi as-tu décidé de racheter la part de Ted ? demanda-t-elle aussi calmement que possible.

— Ce n'était pas mon intention au début. Mais laisse-moi d'abord récapituler la situation. Théo a manqué de discernement en acceptant de donner de l'argent à ta mère. Il ne pouvait pas vraiment se le permettre. Son projet immobilier sur l'île de Rykos était en train de se développer, il aurait dû y consacrer cette somme. L'année qui a suivi votre départ, il a commencé à manquer d'argent mais, bien sûr, il était trop fier pour me demander de l'aide. Ce n'est que quelques semaines avant sa mort, alors que sa société avait fait banqueroute, qu'il m'a avoué avoir perdu un demi-million qu'il avait confié à Chloé. Il est de mon devoir de veiller à ce que sa femme et sa fille ne soient pas lésées à cause de sa naïveté coupable. Tu comprends donc pourquoi j'ai voulu me venger de Chloé. Le détective privé que j'ai embauché pour retrouver sa trace a fini par découvrir qu'elle était morte, et que vous n'étiez pas sœurs.

Eloïse était toujours sous le choc mais commençait à comprendre les motivations de Marcus.

— Quand je t'ai revue, il y a trois mois, j'ai d'abord eu l'intention de t'accorder le bénéfice du doute — après tout, tu étais si jeune à l'époque... Je voulais juste te demander de rendre l'argent à la famille de Théo.

Enfin, il finissait par comprendre qu'elle n'était pas responsable de cette escroquerie !

— Oh, je suis sûre que l'on peut trouver un arrangement, s'empressa-t-elle de dire.

— Non, il n'en est plus question. Lorsque nous avons passé cette soirée ensemble à Londres, j'étais prêt à oublier mes serments de vengeance parce que je désirais te séduire et finir enfin ce que nous avions commencé en Grèce. Mais quand tu m'as avoué, sans la moindre honte, que tu avais couché avec Ted, vingt-quatre heures à peine avant de t'offrir à moi, et tout ça pour qu'il accepte de te signer un chèque... J'ai compris quel genre de fille tu étais.

Avait-il perdu la raison ? Jamais elle n'avait dit une chose pareille ! Cette accusation ridicule la révoltait tant que, de colère, elle ne put articuler un seul mot.

— C'est un mensonge ! finit-elle par dire. Je n'ai jamais couché avec Ted. Jamais, répéta-t-elle en détachant les syllabes.

— Ce n'est pas ce qu'il m'a dit. C'est lui qui m'a appelé pour me proposer sa part dans ta société. Je crois que son ex-femme lui demande plus d'argent qu'il ne peut lui en donner. J'ai accepté de l'aider, en acquérant ce qui revenait de droit à mon oncle.

— Quel homme généreux tu fais ! railla-t-elle.

71

— N'est-ce pas ? rétorqua-t-il d'une voix sarcastique. Mais j'ai changé d'avis le soir où j'ai dîné avec Ted pour fêter notre accord. Comme il avait beaucoup bu, il m'a avoué que tu avais été sa maîtresse.

— Ted n'aurait jamais dit ça ! s'écria-t-elle.

Elle avait déjà dû défendre son honneur devant un juge. Cette expérience l'avait traumatisée, et elle n'avait pas l'intention de se laisser accuser de nouveau. Incapable de maîtriser plus longtemps sa colère, elle s'approcha de lui et le gifla violemment.

— Salaud ! Disparais de ma vie ! cria-t-elle, en essayant de le rouer de coups.

Marcus n'eut aucun mal à lui attraper les mains tandis qu'elle essayait vainement de se débattre.

— Laisse-moi partir !

— Non, dit-il d'une voix âpre.

Aussitôt, il la souleva, l'allongea sur le canapé, et lui infligea un baiser sauvage, aussi agressif que passionné. Elle tenta de se défendre tout en faisant des efforts désespérés pour ne pas céder à l'ardeur qui naissait en elle. Un soupir mourut dans sa gorge, et elle capitula, s'abandonnant totalement à l'étreinte de son ennemi.

Comme s'il n'avait attendu que ça, Marcus mit brusquement fin à leur baiser, et posa sur elle un regard victorieux.

— Tu as toujours envie de moi, constata-t-il d'un ton moqueur. Et c'est réciproque. J'ai accepté la proposition de Ted pour me débarrasser de lui. Je ne tolérerai plus la présence d'autres hommes autour de toi. Moi exclu, bien entendu.

— Je ne comprends pas pourquoi.

— Voyons, nous savons tous les deux que si je te laisse mener ta barque seule, tu sauteras dans le lit du premier homme riche venu pour rembourser tes dettes. Comme je suis propriétaire de la majorité des parts de KHE, je vais m'assurer que tu ne recommences plus à agir comme tu l'as fait avec Ted. Il ne fallait pas me prendre pour un idiot. Je suis très rancunier dans ces cas-là.

— Mais je te dis que...

— Trêve de mensonge.

Sans lui laisser le temps de répondre, il se pencha sur elle et força de nouveau le barrage de ses lèvres. Elle aurait aimé lutter, mais n'en avait même plus le désir. Anéantie, elle répondit à son baiser avec une avidité qui lui aurait fait honte quelques minutes plus tôt. En cet instant, plus rien n'avait de sens hormis les ondes de volupté qui enflammaient son être. Marcus repoussa le décolleté de sa robe, découvrant un sein qu'il caressa du bout des lèvres. Le désir qu'elle avait feint d'ignorer ces derniers mois explosait avec force en cet instant. Fiévreusement, elle maintenait la tête de Marcus contre sa poitrine, de crainte de le voir partir.

— Tu m'appartiens, murmura-t-il en se détachant d'elle. Aussi longtemps que je le souhaiterai.

Une lueur inquiétante brillait dans ses yeux sombres. Il lui retira ses vêtements en lui adressant un sourire de prédateur. Frissonnant soudain, elle se rendit compte qu'elle était prête à s'offrir sans la moindre retenue à un homme qui la méprisait.

— Non... Arrête..., protesta-t-elle faiblement tandis qu'il l'enlaçait.

Marcus émit un juron étouffé.

— Tu me dis non ? lui demanda-t-il entre ses dents.

Son visage, penché sur elle, était dur, menaçant.

— Oui, murmura-t-elle en tremblant.

Il desserra brusquement son étreinte et la dévisagea avec mépris.

— Tu n'es qu'une menteuse, Eloïse ! Tu adores jouer les allumeuses. Tu as peut-être l'impression d'exercer ton pouvoir en agissant de la sorte. Malheureusement, ça ne marche pas avec moi. Je n'ai jamais forcé une femme de ma vie.

Il ne pouvait pas savoir que le seul procès qu'elle avait intenté l'avait empêchée de dormir pendant des années. Evidemment, il était hors de question de lui raconter cette terrible histoire.

C'était au mois de juin… Elle avait passé l'après-midi à jouer au tennis avec une amie étudiante. Au moment de regagner l'appartement qu'elle partageait avec Katy, elle était rentrée par le parc plutôt que d'emprunter les rues habituelles. Soudain, elle avait senti une main ferme se resserrer sur son épaule. La main sale et répugnante d'un homme qui l'avait aussitôt entraînée derrière un buisson. L'agresseur avait un couteau, mais elle avait malgré tout crié à en perdre la voix, tentant de le frapper de sa raquette avec l'énergie du désespoir. Cette tentative avait exaspéré la fureur de l'horrible individu qui lui avait mis l'arme sous la gorge. Il avait violemment arraché son haut et glissé une main sous sa jupe. Comme elle n'avait pas cessé de se débattre, il lui avait profondément entaillé la cuisse. Elle avait perdu tout espoir de s'échapper quand un chien s'était rué sur lui, la sauvant in extremis. Mordu à la jambe, il s'était enfui. Mais la police n'avait eu aucun mal à le rattraper.

Au cours du procès qui avait suivi, Eloïse avait dû faire face à son agresseur et à son avocat qui l'avait, lui, violée verbalement. D'après le juriste, la tenue de tennis —très classique — qu'elle portait ce jour-là était destinée à aguicher la victime. Par ailleurs, c'était également sa faute si elle avait de longues jambes et des cheveux bouclés. A cause du plaidoyer de l'avocat, elle s'était sentie salie pendant de longs mois. Mais en dépit de l'acharnement de celui-ci, le juge avait reconnu la culpabilité de son agresseur qui avait alors juré de se venger.

— Surtout pas de procès, répéta-t-elle.

Un sourire ironique aux lèvres, Marcus n'avait pas l'air surpris par sa décision. Elle était pleinement consciente qu'en refusant ce procès, elle lui laissait implicitement entendre sa culpabilité. Mais elle n'avait guère le choix.

— Bien. Tu acceptes donc d'être ma maîtresse pendant un an. Inutile de préciser que je ne partage pas. Si tu remplis ce contrat, je te rendrai les contrats falsifiés de ta mère et annulerai ta dette. Entendu ?

— Cette dette n'est pas la mienne. En revanche, je veux bien faire en sorte de rembourser l'argent que ma mère a volé, déclara-t-elle en espérant qu'il saisirait la nuance.

— Non, trancha-t-il.

C'était sans appel. De toute façon, elle ne voyait pas très bien comment elle aurait pu réunir une somme pareille. Marcus attendait toujours sa réponse et la sévérité de son expression ne laissait aucun doute : si elle refusait, il n'hésiterait pas à mettre sa menace à exécution.

Quel sens y aurait-il à être sa compagne ? Certes, en lui faisant l'amour, il l'avait révélée à elle-même, la bouleversant jusqu'au tréfonds de son être. Mais que représentait-elle pour lui ? De toute évidence, il ne l'aimait pas — il avait aimé faire l'amour avec elle, et souhaitait renouveler l'expérience, voilà tout. Quant à elle, son corps ne cessait de lui rappeler mieux que tous les mots le désir qu'elle ressentait. Instinctivement, elle croisa les mains sur sa poitrine afin de cacher ses tétons durcis par le désir.

— J'accepte. A compter d'aujourd'hui, et pendant un an, je serai ta maîtresse, promit-elle en baissant la tête.

— Je savais que tu serais raisonnable, murmura-t-il en lui caressant la nuque. Et puis, tu n'as rien à perdre, n'est-ce pas ?

Après sa tentative de viol, elle avait refoulé sa féminité pendant des années. C'est lui qui l'avait initiée au plaisir trois mois plus tôt. Cette première et éblouissante expérience lui avait sans doute fait confondre le désir sensuel qui s'éveillait en elle avec de l'amour. S'il n'attendait d'elle qu'une liaison passionnée, pourquoi la lui refuser ? Après tout, elle n'avait rien à perdre, comme il venait de le lui faire remarquer. Son désir pour lui était irrépressible, et elle n'imaginait pas en éprouver pour un autre homme.

Se sentant plus audacieuse, elle prit tout son temps pour l'examiner. Sa mâchoire volontaire, légèrement ombrée de barbe en cette fin de soirée, était parfaitement dessinée, et ses lèvres sensuelles semblaient appeler les baisers. S'il la considérait comme un objet sexuel, pourquoi n'en ferait-elle pas autant avec lui ?

— Rien à perdre en effet, déclara-t-elle finalement.

Un sourire satisfait éclaira le visage de Marcus.

— Mais je ne veux pas que tu parles de cette histoire à Harry et Katy, précisa-t-elle d'un air menaçant.

— Comme tu voudras, dit-il en se penchant sur son visage.

L'instant d'après, il prit possession de sa bouche avec ardeur, et mêla sa langue à la sienne en gémissant d'impatience. Une partie d'elle-même était révoltée de se laisser faire, mais elle savait qu'elle venait de donner son accord. Pour un an… Bientôt incapable de raisonner tant le désir la consumait, elle rejeta la tête en arrière pour mieux s'offrir à son étreinte. La robe qu'elle avait voulu remettre avait déjà disparu. Une pluie de baisers tombait sur sa gorge palpitante, mettant ses sens en émoi. Instinctivement, elle cambra le buste pour mieux les recevoir ; alors, avec une douceur infinie, il effleura la pointe de ses seins, les titilla délicatement de ses doigts puis de ses lèvres, lui arrachant un long gémissement voluptueux.

Prenant cela comme un encouragement, Marcus s'étendit sur elle et la plaqua fermement contre lui. Au contact de son corps ferme et musclé, Eloïse laissa libre cours à la sensualité intense qui couvait en elle. Ne se contrôlant plus, elle griffa malgré elle son dos. Marcus se redressa légèrement, découvrant son torse qu'elle couvrit à son tour de baisers.

— Je ne peux plus attendre, dit-il, un voile dans la voix.

Il fit glisser sa culotte de dentelle noire le long de ses cuisses. Nue devant lui, elle le regardait, fascinée. Il s'était mis à genoux pour achever de la dévêtir, et venait de se redresser. Son visage dont les traits durcis semblaient presque tourmentés exprimait toute la force de son désir. Elle n'avait qu'une hâte : qu'il enlève enfin ses vêtements pour la rejoindre. D'une main fébrile, elle tenta de desserrer sa ceinture. Manifestement aussi impatient qu'elle, il l'ôta à sa place.

Puis, agenouillé devant elle, il s'empara de sa bouche pour un baiser impérieux. Descendant le long de sa gorge et de ses seins, il s'attarda sur son ventre, et plaça enfin sa tête entre ses cuisses qu'elle écarta légèrement. Les hanches tendues vers lui, elle s'offrit sans retenue à cette caresse intime qui la transportait hors d'elle-même. Les doigts enfoncés dans sa chevelure, elle prononçait son nom d'une voix faible.

— Tu me rends fou ! s'écria-t-il.

Il souleva alors délicatement ses fesses tandis qu'elle enroulait ses jambes autour de sa taille, et la pénétra en poussant un soupir de plaisir. Il s'immobilisa quelques instants, les yeux fermés. « Jamais je n'avais ressenti ça », l'entendit-elle murmurer. Lorsqu'il rouvrit les yeux, elle crut y déceler l'éclat de la colère, mais déjà il commençait à bouger en elle, lentement, doucement. Leurs mouvements s'intensifièrent très vite, chacun donnant libre cours à la passion qui l'habitait. Abandonnés l'un à l'autre, dévastés de plaisir, ils atteignirent le sommet de la volupté au même moment.

Encore secouée de spasmes, Eloïse s'efforçait de recouvrer ses esprits, sans parvenir à détacher ses pensées de Marcus. Appuyé contre elle, le souffle court et le cœur battant à tout rompre, il semblait incapable de bouger. Elle caressa son dos tendrement… amoureusement… Non ! se rabroua-t-elle, elle ne devait pas confondre de nouveau l'amour et le sexe. Aux yeux de Marcus, elle ne valait pas plus qu'une courtisane. Comme pour lui donner raison, il se leva d'un bond. De tendresse, il n'était nullement question.

Tout juste rhabillé, il ramassa sa robe, et la jeta sur ses genoux.

— Couvre-toi, tu vas prendre froid.

Prendre froid ? Il devait plaisanter ! Elle pouvait encore sentir sur sa peau la chaleur de ses baisers. Mais non, il était sérieux comme lui laissait supposer le regard scrutateur, presque clinique, qu'il venait de poser sur elle en haussant dédaigneusement les épaules.

— Tu es belle et sexy — ce qui n'est déjà pas si mal— mais tu n'as aucune moralité, observa-t-il. Tu sais qu'il y a un lit dans la pièce à côté. Pourquoi ne pas l'essayer tout de suite ? suggéra-t-il en souriant.

— Sûrement pas, répondit-elle en enfilant sa robe.

Elle avait accepté d'être sa maîtresse, non pas son esclave. Et pourtant, elle se demandait dans quelle mesure le désir qu'il éveillait en elle n'était pas une servitude. Marcus avait le don de la transformer en une créature sensuelle, avide de plaisir dès qu'il la touchait, tandis que les autres hommes, souvent bien plus estimables que lui, la laissaient totalement froide.

— Je pars. Je dois retrouver Harry et Katy tôt demain matin pour un petit déjeuner d'affaires, déclara-t-elle en nouant ses cheveux en un chignon de fortune. Nous sommes bien d'accord qu'ils ne doivent rien apprendre de notre… arrangement ?

— Le mot juste est « liaison », railla-t-il. Quant à garder le secret, c'est hors de question. Désormais nous sommes partenaires dans tous les sens du terme. En tant que tel, je prendrai aussi mon petit déjeuner avec vous.

— Très bien. C'est ton droit le plus strict, rétorqua-t-elle d'un ton qu'elle voulait neutre.

— Et je n'ai pas l'intention de cacher notre liaison. Je ne veux pas prendre le risque que tu te jettes encore à la tête du premier venu.

— Tu me crois vraiment capable de faire ça ? demanda-t-elle, profondément blessée.

— Oui.

Eloïse fulminait. L'envie de gifler Marcus lui traversa l'esprit, mais elle comprit que ce n'était pas dans son intérêt. Peut-être pouvait-elle encore le persuader de rester discret ?

— Katy me connaît bien. Elle n'arrivera jamais à croire que tout s'est passé aussi vite entre nous, tenta-t-elle d'objecter.

Rejetant la tête en arrière, Marcus éclata de rire. Son argument ne semblait pas l'avoir convaincu.

— Gageons que Katy ne sera pas si surprise que ça. Je te rappelle que nous avons dîné ensemble il y a trois mois. Je suis sûr que tu as attendu que je donne signe de vie pendant tout ce temps. Tu pourras expliquer à Katy qu'en me revoyant hier soir, tu n'as pu ignorer plus longtemps le feu qui brûlait en toi, déclara-t-il avec une grandiloquence affectée.

— Ce n'est pas vrai ! Je t'en supplie, je ne veux pas que mes amis le sachent tout de suite. Je trouverai une explication à fournir à Katy lorsque nous serons à Londres.

— Si tu y tiens…

— Merci. Maintenant, j'aimerais bien appeler un taxi, si tu n'y vois pas d'inconvénient.

Marcus observait Eloïse. Plutôt que d'attendre le taxi installée sur le canapé, elle s'était postée près de l'Interphone, visiblement désireuse de partir au plus vite. Son évidente nervosité, pour ne pas dire peur, était déconcertante et, une fois de plus, il devait prendre sur lui pour ne pas se laisser abuser. Cette femme le désirait autant qu'il la désirait, mais n'éprouvait pas le moindre sentiment à son égard. Il ne devait surtout pas oublier qu'elle était une excellente comédienne !

Lorsque le taxi arriva, il descendit avec elle et l'accompagna dans la rue. A la lumière des lampadaires, ses magnifiques cheveux roux créaient un halo cuivré autour de sa tête. Il ne put s'empêcher de la comparer à un ange. Incapable de résister à cette vision enchanteresse, il déposa un baiser sur ses lèvres, et la sentit aussitôt se raidir.

Il renonça à forcer le barrage de ses lèvres, sans trop savoir pourquoi. Regardant la voiture s'éloigner, il se répéta qu'elle était sienne pour un an. Cette idée aurait dû le réjouir, mais il était secrètement déçu par la tournure des événements. Si seulement elle n'avait pas été cette femme sans scrupules… Il ne devait pas oublier qu'elle avait accepté son marché pour de l'argent.

De retour à l'hôtel, Eloïse se précipita sous sa douche. Elle se savonna méticuleusement pour effacer les traces de cette nuit avec Marcus. C'était peine perdue, jamais elle ne pourrait oublier ce qui venait de se passer. Il lui suffisait de penser à lui pour avoir l'impression de sentir ses caresses sur son corps.

Une fois dans son lit, elle mit beaucoup de temps à s'endormir. Comme elle aurait aimé passer la nuit dans ses bras ! Une larme brûlante coula le long de sa joue. En acceptant cette liaison, elle courait le risque de retomber amoureuse de lui, si ce n'était déjà fait. Elle ne pouvait nier la mystérieuse alchimie qui les liait l'un à l'autre, en dépit de la haine féroce que Marcus semblait lui vouer. Pour lui, elle n'était qu'une voleuse, et elle devait reconnaître qu'il avait de bonnes raisons de le croire. Mais cela ne lui donnait pas le droit de la traiter aussi mal. Réussirait-elle un jour à le convaincre de son innocence ?

En attendant, elle n'avait pas le choix. Durant de longs mois, elle devrait prendre sur elle pour cacher ses sentiments. Petite fille, elle avait bien prétendu à ses grands-parents que l'absence de ses parents ne la faisait pas souffrir. Elle n'aurait qu'à jouer un nouveau rôle : celui de la compagne du tout-puissant Marcus Kouvaris. Leur entente physique étant tout bonnement stupéfiante, elle n'aurait aucun mal à s'offrir de nouveau à sa concupiscence. Mon Dieu… elle ne se reconnaissait plus. Comment était-elle tombée aussi bas ? Etouffant un gémissement de désespoir, elle enfouit sa tête sous l'oreiller et s'endormit enfin.

7.

A 7 h 30, le lendemain matin, Eloïse entra dans la salle
à manger de l'hôtel. Ne souhaitant rien laisser paraître
de son désarroi, elle avait revêtu un tailleur pantalon de
lin gris, assorti d'un haut de soie crème : un ensemble
simple et raffiné. Maquillée avec soin, son visage ne
portait aucune marque de fatigue. En apercevant ses
amis qui étaient déjà attablés, son visage s'éclaira. Katy
avait l'air épuisé.

— Un lendemain de fête douloureux ! plaisanta Eloïse
en prenant place à côté d'eux.

— Tu ne crois pas si bien dire, déclara Harry. C'était la
première sortie de Katy depuis la naissance de Benjamin
et, visiblement, elle a perdu l'habitude ! Je propose que
nous attendions d'être rentrés à Londres pour faire une
vraie réunion d'affaires. Ma pauvre Katy n'est pas en
état d'avoir un avis sur quoi que ce soit.

Eloïse se servit une tasse de café. Harry et Katy
devaient quitter l'hôtel pour l'aéroport à 8 h 30. Elle
se sentait un peu coupable d'avoir dit à Marcus que le
petit déjeuner avait lieu à 8 h 45, mais considérait que
ce petit mensonge était de bonne guerre.

— Je suis bien d'accord, dit Katy en soupirant. En revanche, je serais curieuse d'avoir des détails sur ta soirée avec notre nouveau partenaire !

— Nous avons un peu dansé, et je suis rentrée.

Eloïse plongea la tête dans sa tasse, en espérant de toutes ses forces qu'elle ne rougirait pas. Toute la nuit, elle n'avait cessé de penser au chantage auquel elle était soumise. Si Marcus n'était pas devenu partiellement propriétaire de KHE, tout aurait été plus simple. Elle aurait hypothéqué sa maison pour rembourser l'argent volé par sa mère. Mais, en tant qu'associé, il détenait à présent le pouvoir de les ruiner. Il lui suffisait de retirer d'un seul coup tout l'argent qu'il avait investi pour leur faire déposer le bilan. Elle avait du mal à croire qu'il avait racheté les parts de Ted pour porter secours au quinquagénaire. Cette générosité ne lui ressemblait guère. A bien y réfléchir, c'était sûrement lui qui avait persuadé Ted de lui vendre ses parts. Elle devait absolument en parler à Harry qui avait conclu ce marché avec Ted et Marcus.

— A propos de Marcus, dit-elle en se tournant vers Harry, je voudrais savoir comment les choses se sont passées. J'aurais vraiment préféré que nous nous concertions, tu sais.

Harry lui expliqua rapidement la situation. Au bout de quelques minutes, Eloïse comprit que son ami n'avait guère eu le choix. Ted l'avait appelé quelques semaines auparavant pour lui expliquer que son divorce allait lui coûter plus cher que prévu, et qu'il allait par conséquent devoir se retirer de l'affaire. Le coup avait été très rude pour Harry qui n'en avait parlé à personne mais, quelques jours plus tard, Ted l'avait rappelé pour lui annoncer qu'il s'était trouvé un remplaçant de choix, Marcus Kouvaris, qui était prêt à investir le double.

Il n'y avait rien à redire. Harry avait agi avec son tact habituel en prenant sur lui tous les soucis matériels. Ainsi, Marcus n'avait pas menti, c'était Ted qui lui avait proposé ses parts. Un point restait à éclaircir : pourquoi diable ce dernier avait-il prétendu avoir couché avec elle ?

Harry proposa à Eloïse de rester une semaine de plus à Paris, plutôt que les deux jours initialement prévus, juste pour s'assurer que tout se passait comme prévu rue du Faubourg-Saint-Honoré.

— C'est une bonne idée, approuva-t-elle. Quant à vous, vous feriez mieux de vous dépêcher ou vous allez rater votre avion.

Marcus devait arriver bientôt et elle ne voulait pas qu'il rencontre ses amis. Ceux-ci comprendraient vite que quelque chose ne tournait pas rond. Ils la connaissaient si bien ! Aussi soupira-t-elle de soulagement lorsque Harry donna le signal du départ. Un soulagement de très courte durée.

— Oh, bonjour ! s'exclama Katy.

Eloïse comprit sans peine à qui s'adressait le sourire radieux de son amie. Consternée, elle n'osa pas se retourner. Marcus était en avance ! Le plus naturellement du monde, il posa sa main sur son épaule.

— Bonjour, Katy, bonjour, Harry !

Elle tourna la tête, et lui lança un regard suppliant. En retour, elle reçut un large sourire complice. Il avait dû passer une très bonne nuit car son visage ne portait aucune marque de fatigue. Le pantalon de coton beige, et le polo assorti qu'il portait accentuaient son allure décontractée. Un sentiment de panique l'envahit soudain à l'idée qu'il ne soit pas aussi discret que prévu.

— On dirait que je suis en retard, déclara-t-il en jetant un coup d'œil aux assiettes vides sur la table.

Puis, sans crier gare, il déposa un baiser sur les lèvres d'Eloïse.

— Ma chérie, tu m'avais dit de venir à 8 h 45 ! Mais ce n'est pas grave, c'est un tel bonheur de te voir aussi fraîche et rayonnante après la nuit que nous venons de passer.

Il n'avait pas tenu sa promesse, trop content de saisir la moindre occasion de l'embarrasser.

— J'ai dû me tromper, murmura Eloïse qui sentait ses joues s'enflammer.

— Je croyais que tu avais dansé une ou deux fois et que tu avais pris un taxi, fit remarquer Katy en souriant.

Marcus ne lui laissa pas le temps de répondre.

— En effet, Eloïse a pris un taxi, mais je lui ai d'abord fait visiter Paris, rétorqua-t-il avec un sourire plein de sous-entendus.

— Désolé pour le petit déjeuner, Marcus, mais on va devoir filer, coupa Harry. Comme Eloïse reste ici, elle pourra répondre à toutes vos questions.

— Je n'en doute pas, répondit-il en adressant un regard appuyé à la jeune femme.

L'air perplexe, Katy les dévisageait l'un et l'autre.

— Prends donc un dernier café avec Marcus, Harry. Eloïse va m'aider. Je sais qu'elle meurt d'envie d'embrasser son filleul préféré. On se retrouve ici dans quelques minutes.

Marcus déposa un nouveau baiser sur le front d'Eloïse.

— Reviens-moi vite, dit-il en lui adressant un clin d'œil.

— Que se passe-t-il ? demanda Katy dès que la porte de l'ascenseur fut refermée. Marcus est tout feu tout flammes avec toi et tu es pâle comme un linge. Quand vous avez dîné ensemble il y a trois mois, tu m'avais dit qu'il n'y avait rien entre vous. Tu ne m'aurais pas caché quelque chose, par hasard ?

Katy avait l'air inquiet. C'était elle qui l'avait soutenue après la tentative de viol dont elle avait été victime, et surtout au moment du procès. Elle savait qu'Eloïse n'avait jamais regardé un homme depuis ce jour-là. Impossible de lui faire croire qu'elle s'offrait une simple aventure avec Marcus, elle ne serait pas dupe.

— Je crois que je suis amoureuse, répondit-elle alors en essayant de sourire.

Apparemment stupéfaite, Katy garda le silence quelques secondes.

— Et vous avez…

— Euh… oui.

— Je suis très heureuse pour toi ! s'écria Katy en la serrant dans ses bras. Je comprends mieux pourquoi Marcus a voulu investir dans notre affaire. Il l'a fait par amour pour toi, poursuivit-elle d'un air rêveur.

En regardant la petite famille s'engouffrer dans le taxi et partir pour l'aéroport, Eloïse eut l'impression que toute son énergie la quittait. Pendant un moment, l'idée de raconter la vérité à Katy lui avait traversé l'esprit mais, en la voyant si heureuse avec son enfant, elle n'avait pas voulu l'ennuyer. A présent, elle se sentait seule au monde. L'univers sécurisant qu'elle avait réussi à construire autour d'elle au fil des ans venait de s'écrouler. Désormais, rien ne serait plus comme avant.

Marcus qui avait accompagné Harry et Katy jusqu'à leur taxi, se tenait à côté d'elle. Elle lui lança un regard mauvais.

— Il ne t'aura pas fallu longtemps pour t'afficher avec moi, lui reprocha-t-elle.

Il la prit par le bras pour la guider à l'intérieur de l'hôtel, en direction des ascenseurs.

— Souris un peu, lui suggéra-t-il d'une voix doucereuse. Les gens vont croire que nous nous disputons !

— Depuis quand te préoccupes-tu de ce que les gens peuvent penser ? Tu m'avais promis de garder le secret jusqu'au départ de Katy et Harry !

— Eh bien, j'ai menti. Tu devrais pourtant savoir qu'un homme est capable de promettre n'importe quoi pour s'attirer les faveurs d'une femme. Je suis sûr que tu as fait la même chose avec tes précédents amants. Et puis tu m'as menti sur l'heure du petit déjeuner, si je ne m'abuse.

Eloise regrettait d'avoir été prise en flagrant délit de mensonge pour le petit déjeuner, mais sa première accusation la révoltait. Comme la porte de la cabine venait de se refermer et que personne ne pouvait plus les voir, elle le repoussa brusquement.

— Va au diable !

L'ascenseur s'arrêta. A peine la porte se fut-elle ouverte qu'elle bondit dans le couloir, courant presque jusqu'à sa chambre. Nerveusement, elle glissa la clé dans la serrure, sans parvenir à la débloquer.

— Permets-moi de t'aider.

Marcus ouvrit la porte sans peine et la suivit à l'intérieur.

— Je croyais t'avoir demandé de partir, lui fit-elle observer sèchement.

Posant les mains sur ses épaules, Marcus la força à le regarder.

— Je propose plutôt que nous allions faire une petite promenade, tous les deux.

Puis sans attendre sa réponse, il pressa avidement ses lèvres contre les siennes. Elle voulut le repousser, mais son baiser se fit alors si tendre qu'elle le lui rendit malgré elle. Il releva la tête, un sourire satisfait flottant sur ses lèvres.

— Passons la journée ensemble, insista-t-il. Je sais que tu en meurs d'envie.

La pointe d'ironie qu'elle avait cru percevoir dans sa voix lui déplut profondément. Cependant, elle devait reconnaître que la proposition était alléchante.

— J'ai du travail, protesta-t-elle. C'est pour ça que je suis ici.

Pour se donner l'air dégagé, elle fit le tour de son lit et prit son sac à main sur la table de chevet. Tournant le dos à Marcus, elle s'efforça de retrouver son calme. Puis, elle fit volte-face, l'air déterminé.

— Tu devrais être content de me voir aussi concernée par la boutique. Après tout, c'est dans ton intérêt maintenant.

L'intéressé éclata de rire.

— Je te rappelle qu'ici, c'est moi le patron. C'est donc à moi de décider des tâches que tu dois accomplir, et dans quel ordre.

Le regard peu équivoque qu'il venait de darder sur elle lui inspira du dégoût tout en la faisant frissonner. Ses mains se crispèrent sur son sac. Elle passa à côté de lui, en prenant soin de ne pas le regarder.

— Bon, je dois y aller... J'ai un rendez-vous avec la gérante du magasin.

— Je t'accompagne.

— Comment ? Mais...

— Comme tu me l'as fait remarquer, j'ai des intérêts dans cette affaire.

Deux heures plus tard, Eloïse sortait du nouveau magasin, bouillant intérieurement. La réunion avait pourtant bien commencé. Elle avait fait un effort pour expliquer en français à la gérante et à son assistante ce qu'elle attendait d'elles, et s'était sentie plutôt fière de sa performance jusqu'à ce que Marcus lui coupe la parole pour se présenter. Dans un français irréprochable, il avait expliqué aux deux femmes qu'il était un nouveau partenaire de la société. Manifestement subjuguées, elles avaient bu ses paroles, sans plus prêter attention à Eloïse.

— Etais-tu obligé de marcher sur mes plates-bandes ? lui reprocha-t-elle lorsqu'il sortit à son tour de la boutique. C'est à moi de former le personnel. Mais bien sûr tu n'as pas pu résister à la tentation de séduire ces dames !

La culpabilité ne semblait pas le ronger. Eloise était hors d'elle et, plutôt que de s'excuser, Marcus la fixait intensément ou, pour être plus juste, la déshabillait du regard. Le traître ! Il savait très bien comment la troubler ! Et pour couronner le tout, il éclata de rire.

— Puis-je connaître la cause de ton hilarité ?

— Je ris parce que tu es jalouse ! répondit-il en passant son bras autour de son épaule.

Elle ne s'était pas attendue à cela. Sa colère redoubla.

— Je ne suis pas jalouse ! s'écria-t-elle, scandalisée. Le monde ne tourne pas autour de ta personne, espèce d'égocentrique !

— Pourquoi ne pas reconnaître la vérité ? lui demanda-t-il d'une voix douce. Je suis jaloux moi aussi.

Marcus regretta aussitôt ses paroles. Cinq ans plus tôt, lorsqu'ils s'étaient rencontrés, il lui aurait peut-être avoué sa jalousie sans arrière-pensées. Aujourd'hui, tout était différent. Il se targuait d'être un amant raffiné et attentif au plaisir de ses maîtresses, mais qui ne révélait jamais ses sentiments. Face à Eloïse, il avait une fâcheuse tendance à se laisser aller. Or, il devait se méfier car il oubliait facilement qu'elle était une femme perverse et manipulatrice, capable de lui faire perdre la raison. Ce n'était pas pour rien qu'il avait décidé de la faire chanter. Pourtant, elle était si jolie qu'il était bien tentant de prétendre, juste pour une journée, qu'ils formaient un couple comme les autres.

Le pouls d'Eloïse venait de s'accélérer. Marcus, jaloux ? Cette idée la consolait un peu. Si seulement elle pouvait le croire !

Il déposa un tendre baiser sur ses lèvres puis, d'un geste ample, l'invita à regarder autour d'elle.

— Le temps nous sourit, et nous sommes à Paris, la cité des amants — car c'est bien ce que nous sommes, n'est-ce pas ? déclara-t-il d'un ton théâtral. Profitons de cette journée pour visiter la ville.

Au soleil, les cheveux noirs de Marcus se teintaient de reflets bleutés et ses yeux semblaient envoyer des flammes. Plus sensible que jamais à la sensualité qui émanait de sa personne, elle le regarda avec émoi. Lorsqu'il prit sa main dans la sienne, elle dut réprimer un frisson.

— Laisse-toi faire, Eloïse, dit-il avec douceur. Je te propose d'aller voir la tour Eiffel en premier. Qu'en dis-tu ?

Il avait bel et bien l'intention de jouer les touristes en sa compagnie ! Escalader la célèbre tour en amoureux, quoi de plus romantique ? En d'autres circonstances, elle aurait trouvé cette requête attendrissante...

— Ai-je le choix ? répondit-elle en souriant malgré tout.

— Pour une jolie femme, tu poses beaucoup trop de questions, fit-il remarquer en lui présentant son bras.

Dans l'ascenseur qui les menait au dernier étage de la tour Eiffel, Eloïse jeta un coup d'œil au panorama. Ce fut une erreur. En proie à un violent vertige, elle sentit que ses jambes ne la portaient plus. Sa tête tournait tant qu'elle était incapable d'entendre les commentaires de Marcus sur l'architecture de la ville. Prête à défaillir, elle agrippa son bras et, fermant les yeux, s'y accrocha de toutes ses forces. Marcus comprit tout de suite ce qui lui arrivait. Aussitôt, il la serra contre lui avec sollicitude.

— Tu aurais dû me dire que tu avais le vertige. Nous allons redescendre tout de suite.

Il ne desserra pas son étreinte avant qu'ils eussent touché la terre ferme. Toujours étourdie, Eloïse leva les yeux sur la structure d'acier qui s'effilait jusqu'au sommet de la tour, sidérée d'être montée aussi haut.

— Je n'arrive pas à croire que j'aie eu le courage de monter dans cet ascenseur, dit-elle en riant nerveusement.

— Je propose que nous allions visiter les Invalides à présent. Le tombeau de Napoléon est au sous-sol, ça te conviendra mieux ! A moins que tu ne sois également claustrophobe, ajouta-t-il très sérieusement.

L'idée d'être finalement parvenue à monter au sommet de la plus célèbre du tour du monde la transportait de joie. Ce n'était pas la première fois qu'elle venait à Paris et elle n'avait jamais osé le faire, bien qu'elle en ait souvent eu envie. La prévenance de Marcus à son égard la surprenait agréablement. Il continuait de la regarder gravement, comme s'il se sentait responsable d'elle. Cette marque d'intérêt inattendue lui arracha un petit rire.

— Marcus, ma grand-mère ne se serait pas fait plus de souci que toi ! plaisanta-t-elle.

L'air ému, il l'enlaça tendrement, et posa délicatement ses lèvres contre les siennes.

— On nous regarde, dit-elle à moitié haletante.

— Et alors ? Tu es ma maîtresse, murmura-t-il. Je n'ai pas l'habitude de me livrer à de telles effusions en public, mais tu me rends fou, ajouta-t-il. Partons, les Invalides nous attendent.

Si elle en jugeait par son aisance à se repérer, et par sa connaissance encyclopédique de l'armée française, Marcus avait sûrement été général dans une autre vie ! Ils continuèrent leur promenade par une visite de l'Arc de triomphe. Puis, un peu fatigués par leur marche, ils allèrent se détendre à une terrasse de café où ils commandèrent une bouteille de vin et un repas léger. Ne sachant si elle devait attribuer cela au vin ou à son compagnon, Eloïse s'aperçut qu'elle passait une bonne journée. La conversation de Marcus était très agréable et, manifestement féru d'histoire, il avait beaucoup d'anecdotes à lui raconter sur Paris. Ni l'un ni l'autre ne s'aventurèrent à parler d'autre chose. Au bout d'une heure, Marcus donna le signal du départ.

— Nous partons déjà ? demanda-t-elle. J'aime bien regarder les gens aller et venir.

— J'aimerais que nous allions au Louvre et au centre Pompidou, cet après-midi. Nous n'avons pas une minute à perdre.

— Quelle organisation ! le taquina-t-elle avant de prendre la main qu'il lui tendait.

Devant le musée, ils prirent place dans une file d'attente gigantesque. Eclatant de rire en voyant la frustration se peindre sur le visage de Marcus, Eloïse profita de cette occasion de se moquer gentiment de lui.

— Alors, Général, vous voilà contraint à attendre comme le commun des mortels !

— Non, j'ai suffisamment attendu.

Serrant sa main plus fort, il lui décocha un regard ombrageux. Indifférente à la foule qui se pressait autour d'eux, Eloïse leva la tête et se perdit dans ses yeux.

— Pourquoi attendre si longtemps pour admirer des œuvres d'art, alors que j'en ai une devant moi ? demanda-t-il d'un ton brûlant. Mon appartement n'est pas loin, allons-y, proposa-t-il d'une voix sourde.

La raison aurait voulu qu'elle le repousse, mais elle-même ne souhaitait qu'une seule chose : revivre l'ivresse de la nuit passée, être la proie de ses baisers sensuels. Elle le suivit donc en silence jusqu'à chez lui.

Lorsqu'il la fit entrer sous le porche sombre de son immeuble, les battements de son cœur s'accélérèrent. En bas de l'escalier, il la plaqua contre le mur et lui vola un baiser qui la laissa pantelante.

— Je me maudis d'habiter au dernier étage, dit-il entre ses dents avant de la prendre dans ses bras pour monter.

Après avoir ouvert la porte de son appartement, il l'emmena sans hésiter jusqu'à sa chambre où il la reposa à terre. Debout devant elle, sans lui laisser le temps de dire le moindre mot, il détacha d'une main experte les boutons de son chemisier. Tous les muscles de son corps semblaient tendus par le désir. Il était si près qu'elle percevait sur sa peau la caresse de son souffle. Frissonnant d'impatience, elle le laissa ôter son soutien-gorge, et s'accrocha à sa taille.

Le souffle rauque, Marcus se pencha sur un sein qu'il goûta du bout des lèvres. Les doigts crispés sur son dos, Eloïse gémit de plaisir en rejetant la tête en arrière. Il l'allongea alors sur le lit, puis la déshabilla tout à fait. Il retira sans tarder ses propres vêtements, lui laissant admirer la puissance de son corps nu, dont la virilité en cet instant était pleinement épanouie, et s'étendit auprès d'elle. Un son étouffé sortit de la gorge de Marcus et, sans attendre, il prit son visage en coupe entre ses mains pour embrasser ses lèvres, déjà entrouvertes.

Lorsque, plus tard, sa main remonta lentement le long de ses cuisses, elle retint son souffle dans l'attente de sensations plus aiguës encore. Les doigts de Marcus se mêlèrent enfin aux boucles dorées de sa toison, lui arrachant une longue plainte de volupté. Tandis que sa main virile caressait le cœur de sa féminité, sa bouche allait et venait entre son cou et sa gorge, chaque fois plus avide. Au comble de l'excitation, Eloïse n'était plus qu'abandon.

— J'ai envie de toi maintenant, marmonna Marcus en mordillant le bout de son sein.

Le désir qu'elle ressentait fut décuplé. A bout de force, elle cria son nom. Il se redressa aussitôt et, soulevant délicatement ses fesses, prit possession d'elle.

Livrée aux flammes du plaisir, elle s'adonna sans retenue aux sensations divines que lui procurait son amant. Elle pressa sa bouche contre la sienne, et ils unirent leurs langues, infatigables dans leur joute sensuelle. Le rythme de leurs mouvements peu à peu s'accéléra jusqu'à ce qu'Eloïse, projetée au plus haut point du plaisir, sente une déflagration au creux de son ventre et succombe à la volupté dans un cri.

Lorsqu'elle rouvrit les yeux, Marcus, penché sur elle, la regardait en souriant. Ses prunelles paraissaient plus sombres qu'avant. Sans la quitter des yeux il roula sur le côté, et la caressa d'une main nonchalante.

— Que tu es belle, nue, à la lumière du jour, murmura-t-il.

Les rayons du soleil filtrés par les stores illuminaient la pièce. Eloïse se souvint qu'il était à peine 15 heures, et qu'elle se trouvait dans le plus simple appareil à côté de celui qu'elle aurait dû considérer comme son ennemi. Instinctivement, elle croisa les bras sur la poitrine, ce qui provoqua l'hilarité de Marcus.

— C'est un peu tard pour se montrer pudique, non ?

C'était en effet absurde. Gênée, elle eut un petit rire.

— C'est que je suis timide…

— Grâce au ciel, tu ne l'es jamais quand nous faisons l'amour. Il me semble que jamais je ne pourrai être rassasié de toi.

Eloise sentit ses joues s'enflammer de honte, mais sourit pour faire bonne figure. Ces dernières paroles la remuaient jusqu'au plus profond d'elle-même, mais elle devait prendre garde à ne pas y accorder trop de foi. Elle ne voulait pas risquer de souffrir.

— Jamais je ne pourrai être rassasié, répéta-t-il sourdement.

Et comme pour illustrer son propos, il s'empara de ses lèvres. Il ne leur en fallut pas davantage pour réveiller le désir que leur première étreinte avait à peine endormi.

8.

Comme la première fois qu'elle s'était offerte à Marcus, Eloïse eut l'impression de ne former qu'un seul être avec lui. Mais elle savait à présent qu'il ne s'agissait que d'une illusion.

Son compagnon reposait à ses côtés, la respiration toujours un peu courte et Eloïse dut prendre sur elle pour ne pas se laisser attendrir. Rapidement, elle se leva et prit la direction de la salle de bains.

Sous la douche, elle tenta de démêler l'écheveau de ses sentiments. Cependant, avant même qu'elle ait recouvré un semblant de raison, la porte de la cabine s'ouvrit.

— Puis-je ? s'enquit-il en riant.

Sans attendre la réponse, il lui prit le savon des mains et entreprit de la laver avec une sensualité qui eut raison de ses dernières forces. Puis, il la prit dans ses bras, et la déposa doucement sur le lit.

Lorsqu'elle rouvrit les yeux, la chambre était dans la pénombre, et Marcus n'était plus là. Elle se rhabilla prestement, et alla le retrouver dans le salon. Assis à son bureau, il travaillait sur un ordinateur portable.

— Je crois qu'il est temps que je parte, annonça-t-elle d'une voix peu assurée.

Au son de sa voix, Marcus fit volte-face, et la rejoignit en deux enjambées.

— Il est hors de question que tu partes, j'ai appelé ton hôtel pour annuler ta réservation.

Elle aperçut sa valise dans l'entrée de son appartement.

— Comme tu vois, j'ai fait apporter tes affaires, dit-il en se penchant sur elle, en quête d'un baiser.

— Tu as osé… Tu n'avais pas le droit ! s'écria-t-elle en le repoussant.

— Détrompe-toi, ma chère. Tu m'en as donné le droit en acceptant les termes de mon contrat.

Comment aurait-elle pu se défendre ? Il venait de lui rappeler avec son assurance habituelle qu'il avait toutes les cartes en main.

— Que dirai-je à Katy ?

— Je me charge de Katy et de Harry, trancha-t-il.

Quelle arrogance ! N'aimait-il donc rien tant que régenter la vie des gens ? Piquée dans son orgueil, Eloise redressa les épaules, et prit un air dédaigneux.

— Tu as bien fait… pourquoi devrais-je me ruiner pour payer cet hôtel, alors que je suis la maîtresse d'un homme riche ? fit-elle remarquer sur un ton acerbe. A propos, je crois que je vais avoir besoin de nouveaux vêtements. Comme je ne comptais passer que deux jours ici, je n'en ai pas apporté suffisamment avec moi.

Marcus sourit en secouant la tête.

— Ce que j'aime chez toi, c'est que tu ne perds pas le nord !

— Goujat !

Plus tard dans la soirée, après s'être une fois de plus offerte à Marcus, Eloïse tâchait de se persuader qu'elle ne ressentait rien d'autre qu'une attirance physique pour lui. Pourtant, elle savait bien que quelques instants auparavant, en proie aux brûlantes caresses qu'il lui prodiguait, elle avait dû retenir les mots d'amour qui ne demandaient qu'à sortir de sa gorge.

Inutile de se voiler la face : elle l'aimait, et l'aimerait sans doute toute sa vie. Son arrogance, sa rudesse, le fait qu'il n'éprouvait aucun sentiment à son égard importaient peu. Elle n'était pas en mesure de lutter et prendre conscience de cela la rendait plus vulnérable. Par conséquent, elle devait tout faire pour se protéger.

Mettant un terme à ces réflexions douloureuses, elle se composa un visage détendu, et se tourna vers lui.

— Tu possèdes cet appartement depuis longtemps ?

Elle ne reçut pour toute réponse qu'un rire sonore.

— Je t'en prie, Eloïse, nous venons de faire l'amour et tu me parles comme si nous étions dans une soirée mondaine ! En fait, dit-il en reprenant son sérieux, c'est mon père qui m'a offert cet appartement lorsque je suis venu étudier un an à Paris. Il était plutôt de la vieille école — selon lui, tout homme d'affaires se respectant devait parler les deux langues de la diplomatie, le français et l'anglais. A ses yeux, un séjour en France s'imposait.

— Ce qui explique que tu parles aussi bien le français, murmura-t-elle. Mais ne me dis pas que ton père t'a aussi acheté l'hôtel de Londres ?

— Non, je l'ai acheté plus tard, bien après mes études. Quand j'étais à l'université à Londres, j'habitais plus modestement dans un foyer pour étudiants. Une maison on ne peut plus correcte — il n'y avait que des garçons, ajouta-t-il en faisant la grimace.

— J'ai du mal à imaginer ça ! s'exclama-t-elle. Et puis, j'ai du mal à t'associer au mot « correct ». Après le marché que tu viens de me proposer…, hasarda-t-elle, consciente qu'elle s'aventurait sur un terrain dangereux.

— J'aimerais autant que nous fassions comme s'il n'y avait pas de marché. C'est plus agréable, tu ne crois pas ? demanda-t-il d'une voix suave.

Il lui demandait d'agir comme s'ils formaient un vrai couple. C'était une proposition qu'elle aurait bien aimé prendre au mot, mais elle ne devait pas se laisser griser ni rien espérer de leur relation. S'il le souhaitait, en revanche, elle se comporterait comme si de rien n'était.

— D'accord, répondit-elle finalement.

— Ce croquis me semble très prometteur, déclara Katy, debout derrière la table à dessin. Il ne fait aucun doute que l'amour te réussit.

L'amour… Si elle savait !

— A propos, où est Marcus ? Cela fait bien une semaine que nous ne l'avons pas vu.

— Figure-toi qu'il doit travailler, répondit Eloïse d'une voix moqueuse. Il a aussi des bureaux à New York.

Puis, pour éviter que son amie ne lui pose des questions plus personnelles, elle changea de sujet de conversation et s'enquit du niveau des ventes.

Cela faisait près d'un mois qu'elle était rentrée de Paris. Elle gardait un souvenir ébloui de la semaine qu'elle y avait passée avec Marcus. Retranchés le plus clair de leur temps dans la chambre de ce dernier, ils n'étaient sortis que pour aller au restaurant ou courir les boutiques de luxe. Lorsqu'il avait insisté pour lui offrir de nouveaux vêtements, elle lui avait expliqué qu'elle n'avait fait que plaisanter à ce sujet. Faisant fi de ses protestations, il avait dépensé des sommes considérables pour elle.

De retour à Londres, elle avait insisté pour qu'il la laisse habiter chez elle. Ils se voyaient à l'hôtel et, le plus souvent, elle s'arrangeait pour être de retour avant l'aube. Sans la moindre peine, Marcus parvint à conquérir l'estime et l'amitié de Harry et de Katy. A maintes reprises, il les invita à dîner. Tout le monde autour d'elle le portait aux nues, jusqu'au petit Benjamin qui éclatait de rire dès qu'il apparaissait. Elle-même avait le plus grand mal à rester distanciée et, chaque nuit dans ses bras, elle se faisait violence pour ne pas lui avouer son amour.

A sa grande surprise, Marcus avait tenu à ce que leur idylle soit des plus officielles. Il lui avait demandé de l'accompagner à la première d'un film et, à cette occasion, leur photo était même parue dans la presse mondaine. Eloïse se serait volontiers passée d'une telle publicité. Craignant secrètement qu'un journaliste se souvienne de la tentative de viol dont elle avait été victime et en fasse des gorges chaudes, elle était parvenue à le convaincre qu'elle n'aimait pas voir sa vie privée étalée dans les journaux. Compréhensif, il avait pris soin de ne plus l'emmener que dans des lieux discrets.

Au bout de quelques semaines, Eloïse se surprit à penser à lui comme à un petit ami. Lui-même se comportait comme tel, ne mentionnant jamais le marché qu'ils avaient conclu. Il se montrait plein d'attentions pour elle : lorsqu'il ne pouvait pas la voir, il lui faisait livrer des fleurs et l'appelait tous les jours.

— Eloïse, tu rêvasses !

La voix de Katy la fit sursauter.

— Je ne peux pas te le reprocher, poursuivit-elle en souriant. Marcus est un homme extraordinaire, et je pense sincèrement que si les choses continuent comme elles ont commencé, vous serez mariés d'ici peu.

— Je ne crois pas, répondit Eloïse.

Au fond d'elle-même, c'était pourtant ce qu'elle souhaitait. Elle souffrait de ne pouvoir révéler la vérité à Katy. Mentir était un crève-cœur, mais elle n'osait imaginer la colère de son amie si elle apprenait que sa liaison avec Marcus n'était qu'une mascarade.

— Pour répondre à ta première question, Marcus est à New York en ce moment. Et le connaissant, je pense qu'il se passe très facilement de moi. Il y a beaucoup de jolies femmes dans son entourage...

— Le problème avec toi, c'est que tu ne sembles pas te rendre compte à quel point tu es belle. Mais je suis sûre que Marcus s'en est aperçu, lui.

— Merci, Katy, j'espère que tu dis vrai, répondit-elle en soupirant. Pour le moment, je propose que nous nous remettions au travail.

Quelques jours plus tard, Eloïse décida de s'octroyer une journée de vacances. Elle musardait dans les rues de Londres, heureuse de pouvoir profiter d'un peu de temps libre. Laissant son esprit vagabonder, elle ne put s'empêcher de regretter l'absence de Marcus. Cela faisait maintenant deux semaines qu'elle ne l'avait pas vu, et ses bras lui manquaient. A son grand dam, elle dut reconnaître qu'il lui manquait tout court.

La nuit précédente, elle s'était surprise à compter les jours qui la séparaient de la fin de leur contrat. Penser à ce précieux temps qu'elle perdait pendant qu'il était aux Etats-Unis la faisait rager, tout en aiguisant sa jalousie. C'était une torture de l'imaginer en compagnie d'autres femmes, sûrement plus belles et plus intelligentes qu'elle.

Quand la jalousie ne venait pas la tourmenter, elle se plaisait à imaginer que Marcus appréciait réellement sa compagnie. Plus les semaines passaient, et plus cet espoir fou s'ancrait dans son cœur. Après tout, ne lui avait-il pas donné de nombreuses marques d'intérêt ? Elle repensa à son premier cadeau : un collier et des boucles d'oreilles serties d'émeraudes et de diamants. Elle avait protesté lorsqu'il lui avait offert ce somptueux présent, mais il avait répondu qu'il tenait à ce qu'elle garde un souvenir de leur semaine à Paris. Il l'appelait tous les matins parce que cela correspondait au moment où il allait se coucher et qu'il aimait entendre sa voix avant de s'endormir.

Le retour de Marcus était prévu pour le jeudi suivant. Ragaillardie par cette pensée, Eloïse entra d'un pas volontaire chez Harrod's où elle s'acheta une nuisette de soie noire bordée de dentelle. En passant devant le rayon des parfums, elle s'arrêta pour en essayer un sur son poignet. C'est alors qu'elle entendit une voix familière.

— Eloïse ! Comment allez-vous ?

— Ça alors… Ted Charlton ! Vous tombez bien, j'ai deux mots à vous dire, dit-elle d'un air sévère.

L'air ébahi de son interlocuteur lui arracha malgré tout un sourire.

— Je plaide coupable ! s'écria-t-il sans attendre. Si vous me laissez vous inviter à dîner, je vous expliquerai tout.

Pourquoi pas ? Un long week-end l'attendait et elle n'avait prévu aucune sortie.

— D'accord.

Elle l'attendit pendant qu'il achetait un flacon de parfum.

— J'ai un rendez-vous galant demain, expliqua-t-il, l'air coquin. Mais trouvons vite un restaurant que je vous confesse tous mes péchés.

Ted l'invita dans un très bon restaurant français, et leur commanda d'abord un apéritif.

— J'ai vu une photo de vous avec Marcus dans la presse, si bien que je crois deviner ce que vous me reprochez, déclara-t-il d'entrée de jeu.

Sa franchise la laissa sans voix quelques secondes.

— Marcus semble croire que nous avons…, commença-t-elle avant de s'éclaircir la gorge, embarrassée.

— Je sais, intervint Ted. Je n'aurais jamais dû mentir. Mais il faut essayer de me comprendre.

— Je vous écoute, dit-elle calmement.

— Marcus Kouvaris est plus jeune que moi, il est très séduisant, très intelligent, et on ne compte même plus ses succès en affaires, expliqua-t-il, l'air dépité.

— Et alors ?

— Ce que je vais vous dire ne me montre pas sous mon meilleur jour, j'en ai peur.

— Qu'importe. Je veux connaître la vérité, rétorqua-t-elle sèchement.

— Il faut que je vous raconte tout depuis le début. Tout est la faute de mon ex-femme. Son avocat me réclamait des millions. Comme je manquais d'argent, j'ai repensé à la manière dont Marcus vous avait dévisagée au Supper Club…

— Je ne comprends pas.

— Je suis bien placé pour savoir comment raisonne un homme. Je savais qu'il était suffisamment riche pour racheter mes parts, et qu'il serait ravi d'avoir l'occasion de vous rendre service. Je ne me suis pas trompé ; il a accepté tout de suite.

— Vous pensez vraiment que Marcus a investi chez nous pour me faire plaisir ?

Ce que venait de lui apprendre Ted la perturbait tant que, pour un peu, elle en aurait oublié que Marcus l'avait surtout fait chanter. Manifestement, il n'avait rien calculé, contrairement à ce qu'elle s'était imaginé. Il avait juste saisi l'opportunité que lui offrait Ted. Cette absence de préméditation signifiait peut-être quelque chose. Mais quoi ?

— Bien sûr ! Vous êtes une très belle femme et une créatrice de talent. Vous êtes un idéal pour tous les hommes, croyez-moi.

— Vous ne vous en sortirez pas par la flatterie, lui fit-elle remarquer en secouant la tête. Je veux savoir pourquoi vous avez menti à Marcus.

— Par orgueil, je suppose. Je l'avais invité à dîner pour fêter notre marché. Après le repas, j'ai insisté pour l'emmener au bar où nous avons retrouvé une magnifique blonde que je courtisais à ce moment-là. Elle m'a clairement fait sentir que je ne l'intéressais pas, tout en décochant de brûlantes œillades à Marcus, qui a fini par lui faire comprendre qu'elle perdait son temps. Inutile de préciser que j'étais horriblement vexé. Alors, quand il m'a demandé si je vous connaissais bien, l'alcool aidant, j'ai répondu que...

Il hésita et devint cramoisi.

— ... J'ai prétendu que nous avions passé une nuit ensemble. Comprenez-moi, mon épouse venait de me rejeter, et la jeune femme qui la veille encore était tout sourire pour moi avait cessé de me regarder dès que Marcus était entré dans son champ de vision. J'ai voulu que Marcus soit jaloux à son tour. Si ce mensonge idiot vous a porté préjudice, je vous supplie de me pardonner.

Apprendre que son amant avait éconduit une ravissante créature réjouissait secrètement Eloïse. Se sentant soudain généreuse, elle adressa un sourire à Ted.

— Ce n'est pas grave. Je vous pardonne.

— Vous l'aimez, n'est-ce pas ?

— On peut dire ça, répondit-elle en baissant les yeux.

Marcus n'était pas le monstre qu'elle croyait. Tout n'était peut-être pas désespéré.

Le reste de la soirée, elle prit plaisir à discuter avec Ted qui faisait partie des quelques hommes qui ne l'intimidaient pas. Lorsqu'il insista pour la raccompagner, elle se laissa faire, allant même jusqu'à lui proposer de monter chez elle pour prendre un café.

Marcus bondit de son taxi et s'arrêta devant l'immeuble d'Eloïse. La porte n'était pas fermée. « Peu prudent », se dit-il, mais il souhaitait lui faire une surprise. La nuit dernière, il lui avait dit qu'il ne serait pas de retour avant la semaine suivante. Néanmoins, en raccrochant le téléphone, il avait ressenti un vide tel que, sans hésiter, il avait annulé tous ses rendez-vous pour la rejoindre plus tôt que prévu. Silencieusement, il monta jusqu'au deuxième étage. En entendant des voix en provenance de l'appartement d'Eloïse, il en conclut qu'elle était en train de regarder la télévision. Comme un voleur, il posa sa main sur la poignée, et l'ouvrit tout doucement.

— Eloïse, ma chérie, je suis là !

Elle sursauta et, lorsqu'elle l'aperçut, son visage s'illumina. Il se tut un instant, ému de la retrouver plus belle encore que dans son souvenir. Les boucles cuivrées de ses cheveux auréolaient son visage auquel l'étonnement donnait un air candide et vulnérable. La robe de soie bleue qu'elle portait avec grâce soulignait les courbes parfaites de son corps. Ses yeux émeraude brillaient de tous leurs feux. Il se sentit fondre en voyant la joie que son arrivée impromptue lui causait.

— Marcus, tu es revenu ! s'écria-t-elle d'un ton ravi. Je ne t'attendais pas avant la semaine prochaine !

— J'ai annulé mes rendez-vous pour te rejoindre. Je voulais te faire une surprise, expliqua-t-il d'une voix moins neutre qu'il l'avait souhaité.

9.

Eloïse dut se retenir pour ne pas se jeter dans ses bras. Après tout, ils étaient amants, et son retour prématuré était un signe encourageant. Prenant son courage à deux mains, elle décida de laisser parler son cœur.

— Tu m'as manqué, murmura-t-elle.

Il s'arrêta à quelques centimètres d'elle.

— Eloïse..., dit-il d'une voix rauque.

Manifestement ému, il l'attira dans ses bras, et déposa un baiser brûlant sur ses lèvres. Avec une ardeur que l'absence devait avoir attisée, Eloïse s'offrit sans retenue à son étreinte, le serrant de toutes ses forces, caressant sa nuque et répétant son nom inlassablement.

— J'ai attendu ce moment si longtemps, lui chuchotat-il à l'oreille. Trop longtemps.

Il la maintenait contre lui d'une main farouche. Sentant la rondeur de ses seins contre sa poitrine, il comprit pourquoi il était revenu aussi vite. Sa féminité incandescente ravissait ses sens. Fou de désir, il posa ses mains sur ses fesses pour mieux la plaquer contre ses hanches...

— Oh, pardon !

Entendant cela, Marcus fit volte-face. Ted Charlton venait de sortir de la chambre d'Eloïse. Un coup de poignard ne l'aurait pas fait souffrir davantage. Sentant la rage lui brouiller la vue, il repoussa violemment celle qui l'avait trahi.

— Traînée !

Horrifiée, Eloïse comprit que la présence de Ted, chez elle, à cette heure-ci, était on ne peut plus équivoque.

— Non, ce n'est pas…

Le regard fou que lui lança Marcus à ce moment fit mourir toutes protestations sur ses lèvres. L'arrivée de Ted avait opéré une transformation radicale sur lui. Ses traits tendus exprimaient la plus violente colère, son regard noir était à peine soutenable.

— Alors, que fait-il ici ? demanda-t-il d'une voix blanche. Je constate qu'après une semaine de célibat, tu es prête à t'offrir au premier venu, assena-t-il froidement.

Si elle n'avait été aussi désespérée de le voir dans cet état, sa dernière remarque aurait eu de quoi la faire rire. Une semaine… Il la connaissait si peu !

— Marcus, écoute-moi, le supplia-t-elle en le prenant par le bras. J'ai croisé Ted chez Harrod's. Il venait acheter du parfum pour sa petite amie, et je l'ai sommé de m'expliquer pourquoi il t'avait dit que nous avions couché ensemble.

— Si je comprends bien, tu as demandé à Ted de mentir pour te couvrir, railla Marcus.

— Mon Dieu, non ! C'est Ted qui a menti parce qu'il était jaloux de toi. Il me l'a avoué ce soir. Tu peux le comprendre, non ?

— Tout ce que je sais, c'est que tu es une fille facile totalement dénuée de scrupules.

A cet instant, elle comprit que l'homme qu'elle aimait n'existait pas — ou n'existait plus. Elle avait gardé de Marcus l'image idéalisée de ses dix-neuf ans. Celui qui la fustigeait aussi durement aujourd'hui ne pouvait être la même personne. Toutefois il n'était pas question qu'elle renonce à se défendre pour autant.

— J'ai dîné avec Ted, à sa demande, parce qu'il voulait me présenter ses excuses. Mais je constate que tu es trop borné pour m'écouter.

De toute évidence, son discours était sans effet sur lui. Pour toute réponse, elle ne reçut qu'un regard empreint de fureur et de mépris. A quoi bon s'obstiner ? Contrairement à ce qu'elle avait espéré, il n'y aurait jamais rien d'autre entre eux qu'une passion physique.

C'est alors que Ted intervint.

— Si vous voulez vous en prendre à quelqu'un, Marcus, adressez-vous à moi !

Marcus n'était pas du genre à se faire prier. Il attrapa Ted par le col, et le poussa violemment contre le mur.

— Ne me tentez pas, dit-il entre ses dents.

— Vous êtes complètement fou ! s'écria Ted.

— Je vous conseille de ne pas me provoquer, je n'aurais aucun mal à vous battre.

— Je sais bien, rétorqua Ted. C'est d'ailleurs pour cette raison que je vous ai menti : j'avais une revanche à prendre. Ce soir-là, la fille qui était avec moi n'avait cessé de vous faire les yeux doux. J'étais jaloux, un peu ivre. J'ai simplement voulu vous compliquer la tâche avec Eloïse.

Les deux hommes se dévisageaient en silence. Comme étrangère à la scène, Eloïse les regardait, effondrée. Ils ressemblaient à des voyous en train de régler leurs comptes — Ted avait eu le courage de reconnaître ses faiblesses, mais leur agressivité était toujours perceptible. Peu à peu, la tristesse céda la place à la colère. Ces deux hommes n'éprouvaient pas la moindre honte à parler d'elle comme d'un simple objet tout juste bon à stimuler leur rivalité masculine. Tant de machisme la révoltait.

— Ça suffit maintenant ! s'écria-t-elle. Sortez de chez moi, tous les deux.

Marcus semblait outré. Il relâcha Ted en dardant sur elle un regard incrédule.

— Partez, Ted ! ordonna-t-il d'une voix menaçante.

Ce dernier rajusta le nœud de sa cravate, en passant dédaigneusement à côté de Marcus. Arrivé près d'Eloïse, il déposa un baiser amical sur sa joue.

— Bonne chance ! Si vous avez besoin de moi, n'hésitez pas à me faire signe.

— Je vous conseille de mieux vous tenir, aboya Marcus.

— J'ai un rendez-vous demain soir, répondit Ted en brandissant le flacon de parfum qu'il avait laissé sur la table. Et contrairement à d'autres, je sais comment me tenir avec une femme, lança-t-il avant de quitter l'appartement.

Les jambes tremblantes, Eloïse s'assit sur le canapé.

— Je crois que tu ferais mieux de partir, déclara-t-elle d'un ton las.

Qu'il aille au diable ! pensait-elle secrètement. Il l'avait traitée de manière indigne, sans écouter ce qu'elle essayait de lui faire comprendre. Profondément blessée, elle avait besoin d'être seule.

— Non. J'ai annulé quantité de réunions pour te voir. Je n'ai aucune envie que la soirée s'arrête là.

Qu'elle était belle lorsqu'elle était en colère ! ne pouvait-il s'empêcher de songer. Se pourrait-il qu'elle ne lui ait pas menti ? Il devait reconnaître que le soir où il avait dîné avec Ted, celui-ci était passablement éméché. Son récent divorce était encore une blessure douloureuse pour

114

lui, et il se souvenait à présent de cette jeune idiote qu'il lui avait présentée en fin de soirée, qui avait délaissé le pauvre Ted en sa faveur.

Eloïse ne le quittait pas des yeux. Elle semblait calme et triste, ses lèvres pulpeuses pincées en signe de mécontentement. Son air fier le toucha.

Pourquoi la traitait-il aussi mal depuis le début ? Il en venait même à douter qu'elle ait été coupable de vol, cinq ans plus tôt. Lorsqu'il avait consulté les registres de KHE, il avait pu constater que la société avait vu le jour neuf mois après le décès de Chloé. Harry lui avait expliqué que l'investissement de départ était l'héritage qu'Eloïse avait touché de sa mère. De toute évidence, elle était la principale actionnaire, mais s'octroyait chaque mois le même salaire que Harry et Katy. Sans elle, le jeune couple n'aurait jamais pu monter une affaire.

Eloïse était vraisemblablement innocente de tous les forfaits dont il l'avait accusée, et elle avait toujours fait preuve d'une grande générosité à l'égard des gens qu'elle aimait. Il avait connu beaucoup de femmes dans sa vie, certaines presque aussi belles qu'Eloïse, mais aucune n'avait su l'émouvoir comme elle. Depuis leur première rencontre en Grèce, elle n'avait jamais tout à fait quitté ses pensées. Ces dernières semaines, elle était devenue son obsession. L'homme d'affaires débordé qu'il était n'avait pas hésité une seule seconde à laisser son travail en plan pour la retrouver. L'idée qu'un autre homme puisse avoir des vues sur elle le rendait tout simplement fou. Innocente ou non, il se jura qu'il ne laisserait plus jamais Ted — ou un autre — l'approcher.

Eloise s'étonnait qu'il ne soit toujours pas parti. Son cœur battait si fort que Marcus lui-même aurait pu l'entendre. Une question lui brûlait les lèvres.

— Est-ce que tu me crois maintenant ? demanda-t-elle, les yeux rivés au sol.

— C'est sans importance. Fais comme moi, oublie tout ça, se contenta-t-il de répondre.

Cette réponse lui fit l'effet d'une gifle. Il ne la croyait pas ! Refoulant le sentiment de haine qui s'emparait d'elle, elle décida de lui donner, malgré tout, une dernière chance.

— Tu as bien vu le parfum que Ted a acheté. Je t'ai dit qu'il avait menti, et il a confirmé mes dires.

— En effet, répondit-il avec un petit sourire en coin avant de la rejoindre sur le canapé.

Il n'en fallut pas plus à Eloïse pour sentir son pouls s'accélérer.

— Je ne vois pas ce que je peux te dire de plus pour te convaincre, dit-elle, en désespoir de cause.

— Si tu veux me convaincre, libre à toi d'essayer, murmura-t-il, en prenant entre ses doigts une boucle de ses cheveux.

Désormais elle savait à quoi s'en tenir. Ce qui le poussait vers elle n'était qu'une attirance physique. Le voyant approcher sa tête, elle tenta vainement de le repousser.

— Je ne suis qu'un objet destiné à satisfaire tes pulsions, s'écria-t-elle, furieuse.

Comme pour lui donner raison, Marcus ne releva pas ses propos. Quoi de plus normal puisqu'il ne l'aimait pas ? conclut-elle avec aigreur. Mais déjà, il se penchait sur elle pour l'embrasser. Non ! Cette fois-ci, elle ne devait pas céder à la tyrannie de ses sens. Quoi qu'il lui en coûte, il était temps de mettre un terme à cette stupide mascarade. C'était une question d'honneur.

Cependant, quand elle sentit la douceur de son baiser sur sa bouche, elle entrouvrit instinctivement ses lèvres.

Cédant à l'urgence de son désir, elle répondit avec fougue aux assauts de sa langue. La faisant basculer sur le canapé, Marcus s'étendit sur elle, ne lui laissant rien ignorer de l'ardeur qui le consumait. Ne cessant de l'embrasser avec une passion dévastatrice, sa main descendit le long de sa gorge, pour se refermer sur le galbe de son sein.

— Non, gémit-elle faiblement, dans un ultime effort pour se défendre.

Les bourgeons de ses seins se tendaient sous la soie de sa robe, et elle maudissait son corps de la trahir à ce point. Un mouvement de honte et de révolte lui donna la force de le repousser à coups de poing.

Marcus fulminait.

— Qu'est-ce que cela signifie ?

— Je m'étonne que tu poses la question, rétorqua-t-elle, toujours haletante.

— Tu es en colère parce que j'ai chassé Ted, c'est la seule explication possible.

— Non, je t'en veux de ne pas l'avoir cru, et pire encore, de ne pas m'avoir crue.

— Je me demande pourquoi. Peut-être que je suis plus important à tes yeux que tu ne veux bien l'admettre, insinua-t-il.

Hélas, il voyait clair en elle, mais il n'était pas question de lui avouer la vérité.

— J'attends juste un peu plus de respect de ta part. Cesse donc de me considérer comme une fille sans moralité, capable de passer d'un homme à un autre sans le moindre état d'âme.

Etrangement, ces dernières paroles firent de l'effet sur lui. Sa moue arrogante disparut, cédant la placé à une expression plus tendre —un peu triste, aussi.

— Tu te trompes. J'ai toujours pensé que tu étais une jeune femme intelligente et divinement belle. Je te demande pardon si je t'ai laissé croire le contraire, dit-il d'une voix émue.

Comme pour illustrer son propos, il l'attira vers lui d'un geste affectueux.

— C'est un progrès, murmura-t-elle en réprimant un sanglot.

— Je te crois pour Ted, ajouta-t-il enfin.

— Vraiment ? demanda-t-elle timidement.

— Oui, confirma-t-il. Après tout, avec un amant comme moi, je ne vois pas pourquoi tu aurais besoin d'un type comme Ted, fit-il observer avec l'humour mordant qui le caractérisait.

Elle ne put s'empêcher de rire.

— Prétentieux !

— Tu ne crois pas si bien dire ! A voir ton ardeur à te défendre, j'en déduis que tu m'aimes bien, dit-il sur le ton de la plaisanterie.

— On peut dire ça, oui, répondit-elle en riant.

Il frôla sa bouche de ses lèvres, et lui donna le plus doux et sensuel des baisers. Avec une égale douceur, il lui ôta sa robe et la porta jusqu'à sa chambre où il la posa sur le lit. Après s'être débarrassé de ses propres vêtements, il la rejoignit et tous deux s'abandonnèrent au plaisir de l'amour.

Le lendemain matin, Eloïse se réveilla de bonne heure. En découvrant Marcus assoupi à ses côtés, elle sourit aux anges. Etendu sur le dos, le drap rejeté jusqu'à la taille, il avait l'air plus juvénile et vulnérable que d'habitude. Les images de la nuit lui revinrent à l'esprit. Elle avait osé des caresses qu'elle n'aurait jamais cru donner. Le malentendu du début de soirée avait accru leur désir, et ils s'étaient livrés l'un à l'autre avec une passion extrême. Attendrie à la vue de son amant que le sommeil rendait aussi paisible qu'un enfant, elle caressa son torse doré.

— Quel doux réveil, dit-il d'une voix ensommeillée.

— Je te croyais endormi, murmura-t-elle en souriant.

— Il était temps que je me réveille. Je vais aller préparer le petit déjeuner, et pendant ce temps tu feras ta valise. Nous partons en Grèce.

— C'est une plaisanterie ? demanda-t-elle, soudain nerveuse. Enfin, tu sais bien que je ne peux pas quitter Londres !

Avec une nouvelle collection à dessiner, elle était débordée, en ce moment, d'autant plus que Katy travaillait moins, occupée par les soins qu'elle devait donner au petit Benjamin. Ce qui était bien naturel — Eloïse en aurait fait autant si elle avait eu un bébé. A cette idée, elle resta songeuse : comment serait l'enfant de Marcus ? Elle leva les yeux sur lui, espérant qu'il la rassure d'une caresse ou d'un clin d'œil sur cette histoire de voyage en Grèce, mais elle ne vit qu'un visage fermé, distant.

— Et moi, je te dis que tu le peux. Je trouve que la vie à Londres ne te réussit guère. Il y a beaucoup trop de distractions ici.

Quelle douche froide ! Ainsi, la passion qu'il lui avait témoignée cette nuit ne signifiait rien à ses yeux ? Il devait avoir perdu la raison. Elle vivait ici et ne pouvait pas tout abandonner sous prétexte que tel était le caprice de monsieur.

— Marcus, ce que tu me demandes est absurde !

— Il serait plutôt absurde de te laisser seule ici une fois de plus. Ne t'inquiète pas, si jamais je dois m'absenter sur l'île, ma famille et mes amis seront ravis de prendre soin de toi.

— Je n'ai pas besoin que l'on s'occupe de moi !

De quel droit lui donnait-il des ordres ? Sans prêter la moindre attention à ses protestations, il disparut dans la salle de bains. Elle savait qu'il était totalement inutile de discuter avec lui puisqu'il n'en faisait qu'à sa tête. Et dire que quelques minutes auparavant, les espoirs les plus fous lui avaient traversé l'esprit. Elle avait même imaginé qu'ils pourraient avoir un enfant ensemble ! Il est vrai que, contrairement à son habitude, Marcus n'avait pas utilisé de préservatifs, cette nuit.

Une demi-heure plus tard, après avoir revêtu un jean délavé et un simple T-shirt de coton blanc — une tenue décontractée destinée à lui faire comprendre qu'elle avait bien l'intention de passer la journée chez elle — elle entra dans la cuisine, l'air résolu. A sa grande surprise, Marcus avait préparé du café, des toasts, et disposé des fruits sur une assiette.

— Je te conseille de te changer. Il fait bien trop chaud en Grèce à cette époque de l'année pour porter un jean, lui fit-il remarquer.

— Je te crois sur parole, mais il est hors de question que je parte. Je n'en ai ni le temps, ni l'envie, lui dit-elle froidement. Ce sera pour une autre fois peut-être, ajouta-t-elle en remplissant sa tasse.

— Tu n'as pas le choix, Eloïse. Je t'ordonne de venir comme j'en ai le droit, lui rappela-t-il. Tu as accepté le pacte que je te proposais, si je ne m'abuse… Rassure-toi cependant, tu dessineras aussi bien en Grèce.

Cela faisait si longtemps qu'il ne lui avait pas rappelé ce maudit marché qu'elle avait presque été tentée de l'oublier. Sa déception était cruelle mais elle décida de lui faire front en dépit de tout.

— Si je comprends bien, c'est la fin de la trêve entre nous. Si tu veux que les hostilités reprennent, tu peux compter sur moi !

— Nous savons tous les deux qu'il me suffit de poser la main sur toi pour que tes bonnes résolutions s'évanouissent, répondit-il en plantant son regard dans le sien.

Le mufle ! Scandalisée par son arrogance, elle laissa tomber la tartine qu'elle venait de préparer. Sa pique lui faisait d'autant plus mal qu'il avait raison. Qu'allait-elle devenir à présent ?

On frappa à la porte. C'était Katy qui venait lui apporter son journal.

— On dirait que tu viens de faire du café, dit-elle d'un air alléché, jetant négligemment le quotidien sur la table basse.

Sans laisser à Eloïse le temps de répondre, elle entra dans la cuisine. Eloïse alla ramasser le journal qui s'était ouvert dans sa chute. Au centre de la page, un nom retint son attention : Rick Pritchard. Son sang ne fit qu'un tour et elle dut s'asseoir pour ne pas tomber. Surmontant un dégoût viscéral, elle posa les yeux sur la photo de son agresseur. D'après l'article, il venait d'être libéré. Horrifiée, elle rejeta la tête en arrière et inspira profondément. De très loin, elle entendait les rires de Katy et de Marcus. Mais elle n'avait pas le cœur à se réjouir. L'homme qui l'avait détruite quelques années auparavant allait se promener librement dans les rues de Londres. Cela changeait tout. La perspective de fuir en Grèce sembla soudain très agréable à Eloïse.

L'après-midi même, escortée par une femme de chambre, elle gravit un escalier digne d'un palais, traversa un long couloir et entra dans la chambre de Marcus. Un immense lit à baldaquin trônait au milieu de la pièce. Elle admira les mosaïques qui ornaient le sol. Poussant une porte, elle découvrit une salle de bains en marbre, dotée d'une baignoire-jacuzzi qui lui faisait davantage penser à une piscine. Un tel étalage de richesses ne l'étonnait pas de la part de Marcus. Refermant la porte, elle passa sur le balcon. Les senteurs chaudes et sucrées du jardin en cette fin d'après-midi contrastaient avec la fraîcheur de la demeure.

La vue qui s'offrait à elle était saisissante. La chambre donnait sur un patio fleuri qui abritait une piscine. Derrière une allée de roses écarlates, elle devinait la blondeur du sable et le bleu profond de la mer Méditerranée. D'un côté du jardin s'étendait un verger d'orangers et de citronniers dont les parfums acidulés flottaient dans l'air. Plus loin, elle apercevait d'autres villas de luxe. L'une d'elles avait été le théâtre du terrible malentendu qui s'était noué cinq ans auparavant. C'était au beau milieu de ce paysage paradisiaque que s'était scellé son destin. Elle jeta un coup d'œil de l'autre côté de la terrasse, et son cœur se serra. Elle venait de reconnaître la falaise qui menait à la crique où Marcus et elle avaient pique-niqué un jour, il y avait si longtemps.

Comme si elle voulait échapper à ses souvenirs, elle tourna le dos au panorama et rentra dans sa chambre. Dans l'avion, Marcus lui avait expliqué qu'il avait fait construire cette maison deux ans plus tôt. En revanche, il ne lui avait pas dit qu'elle se situait à côté de la petite plage.

En dépit des années, elle n'avait jamais oublié ce lieu enchanteur. Ce souvenir était devenu avec le temps un talisman qu'elle invoquait dans les moments douloureux pour se consoler, une image à chérir pour conjurer le mauvais sort. Cette fois-ci, la petite crique était à portée de vue mais, cruelle ironie, la magie ne fonctionnait plus. La jeune fille qu'elle était à l'époque avait définitivement disparu.

10.

Eloïse disposait ses effets personnels dans l'immense penderie, à côté des vêtements de Marcus. Elle venait de se mettre à genoux pour ranger sa lingerie dans un tiroir du bas.

— Au nom du ciel que fais-tu ?

Levant la tête, elle aperçut Marcus qui l'observait depuis le seuil de la porte. Il était pieds nus, et sa chemise blanche, à moitié ouverte, découvrait son torse musclé.

— Ça ne se voit donc pas ? Je défais ma valise.

— Il y a des domestiques pour s'acquitter de cette tâche, lui fit-il remarquer.

— Je n'en doute pas, mon cher maître, répondit-elle entre ses dents.

— Tant que tu m'appelleras comme ça, nous nous entendrons bien, déclara-t-il en riant.

— Je ferai tout ce que tu veux, répondit-elle avec indifférence.

Marcus eut l'air déconcerté. Cette réponse ne semblait pas le satisfaire. Il s'était peut-être attendu à ce qu'elle s'insurge contre son autorité, mais elle était lasse de ce petit jeu dérisoire et entendait bien le lui faire comprendre.

124

— « Je ferai tout ce que tu veux », répéta-t-il en l'imitant. Maintenant, viens te doucher avec moi, ordonna-t-il en la prenant par le bras.

De toute évidence, il essayait de la provoquer. Elle ne comprenait pas pourquoi. La volupté seule les liait l'un à l'autre, et il en serait de même jusqu'à la fin de cette maudite année qu'elle s'était engagée à lui consacrer. Si, par la suite, elle devait découvrir qu'elle était enceinte, elle devrait continuer son chemin toute seule. Mais, en attendant, elle avait l'intention de profiter de ce que Marcus pouvait lui offrir. A sa grande surprise, elle s'était rendu compte qu'elle pouvait être aussi dure qu'un homme.

— A ta guise.

Sous la douche, ils firent sauvagement l'amour tandis que l'eau ruisselait sur leurs corps. Ils ressentirent un plaisir violent et destructeur qui les laissa comblés.

— Nous ferions mieux de nous dépêcher, lui dit-il plus tard, comme à regret. J'avais oublié de te dire que ma tante Christine et ma cousine Stella venaient dîner avec nous.

L'idée de rencontrer la famille de Marcus déplaisait souverainement à Eloïse, mais elle s'était juré d'être la plus détachée possible.

— D'accord, répondit-elle d'une voix neutre.

Elle sortit de la cabine, s'enveloppa dans une large serviette, et quitta la salle de bains sans lui jeter un regard. Dans la chambre, elle s'habilla prestement, indifférente au reflet que lui renvoyait le miroir. Depuis qu'elle avait reconnu Pritchard ce matin dans le journal, elle avait l'impression de traverser un épais brouillard. Seules les caresses de Marcus avaient réussi à l'arracher à sa torpeur pour un fugitif instant.

Le dîner ne fut pas aussi rude que prévu. Christine, qui devait être la plus jeune sœur de la mère de Marcus, était une femme d'une quarantaine d'années, petite et potelée, dont les grands yeux bruns dégageaient beaucoup de douceur. Sa fille âgée de dix-sept ans, Stella, était sa réplique en plus jeune. Au cours du repas, Eloïse comprit que Christine n'était pas au courant des affaires de son défunt mari. Manifestement, elle avait une entière confiance dans son neveu pour gérer son argent.

Après avoir admiré l'ambre qu'Eloïse portait autour du cou et appris qu'elle était créatrice de bijoux, Christine s'enthousiasma.

— C'est la première fois que Marcus nous présente une jeune femme. Vous savez qu'il est très doué en affaires. N'hésitez pas à lui demander de l'aide si vous en avez besoin.

Puis elle se tourna en souriant vers l'intéressé.

— N'est-ce pas, mon cher neveu ?

Ils échangèrent un regard de tendresse qui bouleversa Eloïse. De toute évidence, la famille comptait plus que tout aux yeux de Marcus.

A la fin de la soirée, Christine l'embrassa avec chaleur et la pria de leur rendre visite dès qu'elle le souhaiterait. Tant de gentillesse surprit Eloïse qui sentit les larmes lui monter aux yeux. Elle se souvint alors que sa mère avait eu une liaison avec le mari de Christine avant de lui voler de l'argent. Sa gorge se serra. En d'autres circonstances, elle aurait sûrement été heureuse de devenir l'amie de cette femme.

— Tu te sens bien ? demanda Marcus après le départ de sa tante.

Son malaise ne lui avait sans doute pas échappé.

126

— Mais oui. Je me sens un peu brumeuse, c'est tout. C'est sans doute à cause du vin que j'ai bu à table, répondit-elle d'un ton faussement léger.

En fait, elle n'avait pas beaucoup bu — elle voulait juste que Marcus la laisse tranquille.

— Rassure-toi, je t'empêcherai de t'enivrer, rétorqua-t-il en s'approchant.

Il posa sur elle un regard admiratif. Sa robe de soie verte à fines bretelles, fendue jusqu'à la cuisse, exaltait la féminité de ses formes. Il se souvint en souriant du jour où il la lui avait offerte à Paris. Ils s'étaient beaucoup amusés tous les deux au cours de la séance d'essayage.

— Je l'espère bien, répliqua-t-elle d'une voix atone.

Le sourire de Marcus se figea sur ses lèvres. Eloïse avait l'air absent. Elle répondait à ses questions de bonne grâce, lui souriait même, mais semblait agir en automate.

— Va sur la terrasse, je vais chercher des rafraîchissements, dit-il froidement.

Eloïse s'exécuta sans mot dire. Loin de se réjouir de son obéissance, il sentait la colère monter en lui. Il devait cesser de se voiler la face. D'Eloïse, il attendait plus qu'une simple passion physique. C'était sa chaleur, son amitié, son *amour* qu'il désirait avant tout.

Etendue sur une chaise longue, Eloïse leva les yeux sur Marcus qui l'observait, accoudé à la balustrade. Dans son costume de lin clair, il était follement séduisant, et ce en dépit de la lueur de colère qui enflammait ses yeux. Qu'avait-elle donc fait pour lui déplaire ? se demandait-elle avec amertume. N'était-elle pas assez soumise à son goût ?

— Tu aimes bien Christine et Stella ? lui demanda-t-il à brûle-pourpoint.

— Oui, beaucoup. En d'autres circonstances, je suis sûre que nous aurions été amies.

— Qu'entends-tu par là ? Rien ne t'empêche de te lier d'amitié avec elles.

— Si tu le dis, d'accord, répliqua-t-elle en se redressant.

— Eh bien, moi, je ne suis pas d'accord ! s'écria Marcus.

Il la rejoignit en deux enjambées et posa les mains sur ses épaules.

— Tu ne cesses de dire amen à tout ce que je dis pour éviter le dialogue, c'est insupportable.

— Pardon, j'ignorais que faire la conversation faisait partie de notre marché, assena-t-elle sèchement.

— Peu m'importe notre marché, je veux que tu me parles, maugréa-t-il. Je voudrais que tu sois heureuse ici… Que nous soyons heureux, ajouta-t-il après un temps d'hésitation.

Stupéfaite, Eloïse se répéta intérieurement « peu m'importe notre marché, je veux que tu me parles ». Le choc qu'elle avait reçu ce matin en ouvrant le journal lui brouillait encore l'esprit. Elle leva un regard sceptique sur lui.

— Je me sens juste désorientée. Le voyage a dû me fatiguer.

— Allons sur la plage, suggéra-t-il. L'air marin te fera le plus grand bien.

— Très bonne idée, approuva-t-elle.

Sur la plage déserte, Eloïse se laissait bercer par le son du faible ressac de la mer. Les tensions qu'elle avait accumulées dans la journée commençaient à se dissiper.

128

C'était une belle nuit étoilée. La lune semblait flotter à la surface de l'onde. Elle retira ses chaussures pour goûter la fraîcheur de la mer. D'un air enjoué, elle se retourna vers Marcus.

— Viens marcher avec moi, elle est très bonne.

— Marcher seulement ? dit-il en s'approchant.

Il laissa tomber sa veste sur la plage, puis, sous les yeux ébahis d'Eloïse, se dénuda complètement. Debout, face à la mer, il ressemblait au David de Michel-Ange. Il captura son regard, et l'invita à se déshabiller à son tour. Incapable de détacher ses yeux de la splendeur de son corps nu, elle acquiesça à mi-voix. Suivant son exemple, elle fit glisser sa robe le long de ses hanches puis, avec une lenteur calculée, ôta ses sous-vêtements de dentelle blanche. Se sentant plus audacieuse que jamais, elle se redressa fièrement et osa soutenir son regard.

Ils restèrent face à face quelques instants en silence, avec pour seuls témoins la terre, la mer et la nuit étoilée. Marcus posa sa paume sur la sienne comme pour sceller un pacte. Frémissant d'impatience, Eloïse savourait la sensualité de ce simple contact qui éveillait en elle un désir dont elle n'avait plus peur. Loin de l'agitation du monde et de ses conventions, seul comptait en cet instant leur accord avec la nature.

— Tu es parfaite, murmura Marcus avant de capturer sa bouche.

Puis, il la souleva avec douceur et la coucha sur sa veste.

— Je te désire chaque fois davantage, dit-il d'une voix âpre.

— Ne dis plus rien, chuchota Eloïse en l'enlaçant.

Rien ne devait rompre le charme de cet instant. Elle vivait un rêve, et ne souhaitait pas être réveillée.

S'abandonnant totalement, elle lui rendit amoureusement son baiser et lui offrit son corps.

Le lendemain matin, Eloïse fut réveillée par les rayons de soleil qui filtraient par les jalousies des fenêtres.

Assis sur le rebord du lit, Marcus la regardait en souriant.

— Quelle heure est-il ? marmonna-t-elle, en enfouissant sa tête dans l'oreiller.

— Presque midi.

— Comment ? s'écria-t-elle en se redressant d'un bond.

— J'ai pensé que tu avais besoin de dormir. Katy a appelé. Elle s'est arrangée avec Harry pour passer quelques jours avec toi. Elle sera là cet après-midi.

Interloquée, elle chercha une explication sur le visage de Marcus. Peine perdue, son expression était indéchiffrable.

— C'est très gentil de sa part, répondit-elle avec réserve.

— Sans doute, mais je suis malgré tout étonné, répondit-il sèchement. Je serais tenté de croire que vous avez manigancé cela avant ton départ. Tu avais peur de t'ennuyer, seule avec moi ?

Comme il avait changé en quelques heures ! La nuit dernière, elle s'était sentie si proche de lui, et voilà qu'il reprenait ses habitudes de froideur. Découragée, elle voulut pleurer, mais ne pouvait pas se permettre de se montrer aussi faible. Courageusement, elle se redressa sur le lit en remontant son drap jusqu'au menton.

— J'espère que tu plaisantes, dit-elle en essayant de rire. Pour rien au monde je n'aurais invité une amie.

Je ne suis pas chez moi ici. Tu étais libre de dire non à Katy.

Ces dernières paroles blessèrent profondément Marcus. Il l'avait invitée chez lui, présentée à sa famille, et elle ne voulait pas qu'il se lie avec ses amis. En cet instant, il comprit que lui qui n'avait jamais voulu croire en l'amour était éperdument amoureux d'elle. Il devait à tout prix le lui dire.

— Eloïse… Je

Non, c'était impossible. Les mots qu'il brûlait de lui dire refusaient de sortir de sa bouche.

— Qu'y a-t-il ?

— Non… rien…

Le marché qu'il avait passé avec elle lui apparaissait dans toute son absurdité. Il ne voulait pas se venger. Il avait seulement besoin d'elle. Comment avait-il pu être aveugle à ce point ?

— Je vais aller chercher Katy, annonça-t-il. Pendant ce temps, je veux que tu prennes soin de toi, ajouta-t-il un peu maladroitement.

Parviendrait-il à rattraper le temps perdu ? Il devait trouver un moyen de gagner l'amour d'Eloïse. Peut-être qu'une petite conversation avec Katy l'aiderait à y voir plus clair.

— Prendre soin de moi ? reprit Eloïse, en posant sur lui de grands yeux étonnés.

En voyant l'incertitude dans ses beaux yeux émeraude, il se sentit fondre et oublia toute idée de stratégie.

— Je ne veux pas que tu me quittes… J'aimerais que nous nous mariions, dit-il avec détermination avant de la prendre dans ses bras.

Eloïse tremblait de tous ses membres et le regardait, l'air éperdu. N'écoutant que son désir, il l'embrassa avec tendresse et émotion.

— Maudite Katy ! plaisanta-t-il en se redressant. Je dois aller la chercher en hélicoptère, reprit-il un peu contrit. En attendant, je voudrais que tu réfléchisses à ma proposition.

Sans aucune préméditation, n'écoutant que son impulsion, il venait de la demander en mariage. C'était de la folie. Serait-il prêt à renoncer à sa liberté ? Lorsqu'il monta à bord de son hélicoptère, il oublia tous ses doutes. Il souriait tout seul, transporté de joie.

11.

— Benjamin n'est pas là ? s'étonna Marcus après avoir salué Katy. Tu as décidé subitement de rejoindre Eloïse ? poursuivit-il en lui offrant son bras pour traverser le tarmac.

L'idée que cette visite impromptue avait été organisée en secret par les deux amies ne l'avait pas quitté, malgré tout.

— En effet, répondit Katy en fronçant les sourcils. J'ai décidé de venir après avoir lu le journal. Ce n'était pas le genre de nouvelles que je voulais lui annoncer au téléphone.

— Tu me fais peur. De quoi s'agit-il ? Ne me dis pas que la société a fait banqueroute dans la nuit, déclarat-il d'un ton léger alors qu'il commençait à se sentir inquiet.

— Non, mais c'est quelque chose qui touche Eloïse de près. La pauvre ! Avant qu'elle ne te rencontre, je pensais qu'elle resterait seule toute sa vie, lui confia-t-elle. Mais depuis qu'elle te connaît, la femme qui sommeillait en elle s'est épanouie comme une fleur. Le soir où elle a accepté de t'accompagner à la première d'un film, nous étions stupéfaits, Harry et moi. Elle a toujours eu peur de se montrer en public depuis son procès. Les journalistes connaissent bien son nom. Il faut dire que juste après avoir été emprisonné, son agresseur avait envoyé une lettre à la presse où il révélait l'identité d'Eloïse et promettait de se venger le jour où il serait relâché. Grâce à toi, elle est parvenue à surmonter son angoisse. Cependant, je préfère lui apprendre moi-même la nouvelle. Les vieilles habitudes, j'imagine.

Marcus était abasourdi par ce que venait de lui dire Katy. Manifestement, elle croyait qu'il était au courant de tout. Devant l'hélicoptère, il se tourna vers la jeune femme, en essayant de paraître naturel.

— Lui apprendre quoi ?

— Oh, un hélicoptère ! Ce sera la première fois pour moi ! s'enthousiasma-t-elle.

— Tu allais me dire…, insista-t-il en tâchant de dissimuler son impatience.

— Ah oui ! Eloïse a dû te raconter l'agression dont elle a été victime…

Marcus se figea. Avec une horreur grandissante, il écouta ce que Katy avait à raconter.

— Quelle terrible période ! La pauvre chérie a fait preuve de beaucoup de courage pendant le procès, cependant je préfère m'assurer qu'elle sera capable d'encaisser le choc. Rick Pritchard, l'homme qui a essayé de la violer, devait rester enfermé sept ans, mais on vient de le relâcher après quatre ans seulement.

— Je vois, dit Marcus, glacé.

— Je suis rassurée de te savoir auprès d'elle pour la protéger. D'ailleurs, ce n'est pas plus mal qu'elle ait quitté Londres. Ce pervers n'ira jamais la trouver ici, conclut-elle. Oh, j'aperçois la mer, et une douzaine de petites îles ! Que c'est beau ! s'écria-t-elle subitement.

134

Marcus prit alors sur lui pour lui faire la conversation et lui décrire le paysage. De toute façon, il en savait assez pour le moment. Jamais de sa vie il n'avait ressenti une telle colère. Une colère essentiellement dirigée contre lui. Tout devenait clair à présent ; l'attitude protectrice de Harry et Katy et l'horreur qu'inspirait toute forme de publicité à Eloïse.

En entendant le bruit de l'hélicoptère, Eloïse bondit de son siège. Ils étaient arrivés ! Elle jeta un coup d'œil dans le miroir. L'émotion avait coloré ses joues, et ses yeux verts brillaient d'excitation.

Marcus l'avait demandée en mariage, se répétait-elle en souriant. L'avenir n'était plus aussi sombre que la veille. Désormais, tous les espoirs de bonheur étaient permis. Elle avait revêtu une robe de lin vert pâle dont les petites bretelles soulignaient la finesse de ses bras et, ne voulant pas paraître trop apprêtée, avait laissé ses cheveux flotter librement sur ses épaules. Chaussant des sandales légères, elle sortit sur la terrasse pour guetter les arrivants.

Elle aperçut Marcus qui venait de sauter à bas de l'engin pour aider Katy à descendre.

Quelques instants plus tard, les deux amies se retrouvèrent sur la terrasse.

— Quelle belle maison ! s'écria Katy, visiblement ravie.

— Et tu n'as pas encore vu la piscine, rétorqua Eloïse en lui adressant un clin d'œil complice. Dès que tu te seras installée, on pourra tous aller piquer une tête.

Timidement, elle se tourna vers Marcus, en quête d'une approbation. Mais, à sa grande surprise, il resta de marbre.

— Sans moi, répondit-il. J'ai du travail. Nikos, mon majordome, va montrer sa chambre à Katy. Je suis sûr que vous avez mille choses à vous raconter toutes les deux. Nous nous verrons au dîner.

Sur ce, il rentra dans la maison, la mine sombre.

Seul dans son bureau, il décrocha le combiné du téléphone, et composa le numéro de son détective privé. Atterré par ce que son interlocuteur lui apprit, il se sentit pâlir.

— Faxez-moi le compte rendu du procès, les articles de presse et tout le reste.

Comme un lion en cage, il arpenta furieusement la pièce. Puis le fax se mit en route et il s'assit à son bureau pour commencer sa lecture. Lorsque ce détective lui avait dit, quelques mois plus tôt, qu'Eloïse était aussi pure qu'une colombe, il en avait conclu hâtivement que ses propos étaient ironiques. Or, sur les documents qu'il venait de recevoir, était écrit noir sur blanc qu'elle était vierge le jour où elle avait été agressée. Techniquement parlant, Rick Pritchard n'avait pas violé Eloïse puisqu'un chien s'était précipité sur lui, mais elle avait été gravement blessée à la jambe. On l'avait transportée de toute urgence à l'hôpital pour stopper l'hémorragie qui avait mis ses jours en péril.

Accablé, Marcus se prit la tête entre les mains. Sa cicatrice sur la jambe... Elle lui avait dit que c'était un petit accident... Se levant brusquement, il fut submergé par le désir de frapper quelque chose ou quelqu'un. Pour la première fois de sa vie, il ressentait une haine telle qu'il aurait été prêt à faire un malheur. Il savait ce qu'il lui restait à faire, il prit de nouveau son téléphone et passa quelques appels.

— Cet endroit est tout simplement enchanteur, déclara Katy.

Installées sur la terrasse, Eloïse et elle dégustaient une citronnade glacée accompagné de quelques *mezzés* grecs que Nikos venait de leur apporter.

— Je comprends pourquoi Marcus tenait à t'inviter chez lui, poursuivit-elle. Tu as beaucoup de chance !

Ce n'était sûrement pas pour lui dire ça qu'elle s'était déplacée jusqu'ici.

— Si tu m'expliquais ce qui t'amène ?

Katy posa sur elle un regard plein de compassion.

— Ce n'est pas facile à dire, commença-t-elle. Alors autant être directe. Rick Pritchard est sorti de prison.

En attendant ce nom maudit, Eloïse réprima un frisson. Elle aurait dû se douter que Katy lirait aussi cet article dans le journal et qu'elle se ferait du souci pour elle. Seulement, ces derniers mois lui avaient appris à faire face seule aux vicissitudes de l'existence. Profondément touchée par la générosité de son amie, elle posa sa main sur son bras en souriant.

— Ne t'inquiète pas, j'ai lu l'article avant mon départ. Et comme tu peux le constater, je vais bien.

— En es-tu sûre ? insista Katy, l'air sérieux.

— Regarde où nous sommes, dit-elle en balayant le panorama du bras. Et puis, je suis sous la protection de Marcus… qui en ferait fuir plus d'un ! ajouta-t-elle, l'air amusé.

Et pour persuader son amie que tout allait bien, elle prit avec les doigts une feuille de vigne farcie qu'elle dégusta avec gourmandise.

Bien sûr, sa décontraction était affectée, mais désormais elle tenait à surmonter seule ses angoisses.

— Comme je suis rassurée ! s'exclama Katy. Harry m'avait bien dit que je m'inquiétais trop vite. Marcus lui-même n'a pas semblé particulièrement affolé quand je lui ai appris la nouvelle.

Eloïse manqua avaler de travers. Une violente quinte de toux l'empêcha de parler pendant quelques secondes. Il était au courant !

— Tu en as parlé à Marcus ? demanda-t-elle après s'être éclairci la gorge.

— Oui, dans l'hélicoptère qui nous menait ici. Pourquoi ? Il ne fallait pas ?

— Euh… non… si… Ce n'est pas grave, bredouilla-t-elle. Ceci dit, je ne préfère pas que tu mentionnes de nouveau cette histoire devant lui. C'est un Méditerranéen, dit-elle en essayant de rire. Il supporte assez mal l'idée qu'un homme ait pu m'agresser. Et puis, j'aimerais tirer un trait sur cette histoire.

Pourtant elle serait bien forcée d'en reparler, plus tard dans la soirée quand elle se retrouverait seule avec lui. Elle comprenait à présent pourquoi il s'était montré aussi distant tout à l'heure.

— Bon, maintenant que le sujet est clos, si tu me montrais cette fameuse piscine ? déclara Katy.

Elles passèrent l'après-midi sous le patio, profitant du bassin et prenant le soleil. Eloïse fit tout son possible pour paraître enjouée, mais la situation mettait ses nerfs à rude épreuve. Jusqu'à présent, elle avait réussi à persuader Katy que Marcus et elle filaient le parfait amour.

138

Si jamais son amie s'apercevait que quelque chose ne tournait pas rond entre eux, elle la questionnerait jusqu'à ce qu'elle lui révèle la vérité.

S'apprêtant pour le dîner, Eloïse ne savait que penser. Marcus était si versatile qu'elle se sentait complètement perdue. Hier matin, lorsqu'il lui avait ordonné de le suivre en Grèce, elle s'était convaincue qu'elle le haïssait. Pourtant lorsque, le soir même, ils avaient fait l'amour sur la plage, elle aurait juré qu'un lien très fort les unissait. Un lien qui dépassait de loin l'attirance physique qu'ils éprouvaient l'un pour l'autre. Ce matin, il l'avait demandée en mariage, lui laissant miroiter un bonheur possible. Mais quand il était rentré avec Katy, elle avait eu l'impression d'avoir rêvé ces dernières vingt-quatre heures. Sans doute était-elle un peu novice en la matière, contrairement à Marcus qui, depuis le début, avait toutes les cartes en main. A bien y réfléchir, il était plus qu'improbable qu'un homme tel que lui souhaite s'encombrer d'une épouse. Et encore moins d'une épouse qui avait fait la une d'un sordide fait divers. En soupirant, elle quitta sa chambre pour aller chercher Katy.

Les deux jeunes femmes trouvèrent la table dressée sur la terrasse, face à la mer, avec le ciel étoilé comme toile de fond. Au cours du dîner, Marcus fut un hôte parfait, capable d'évoquer les sujets les plus sérieux comme les plus légers avec une égale aisance.

Depuis qu'il l'avait quittée ce matin, Eloïse n'avait pas discuté une seule fois en tête à tête avec lui. Il avait attendu que Katy et elle fassent leur apparition pour sortir de son bureau en marmonnant quelques mots d'excuses. De toute évidence, il l'évitait, sans doute dégoûté par ce qu'il venait d'apprendre. Les rares fois où leurs regards s'étaient croisés, elle avait trouvé le sien indéchiffrable. Comme il devait regretter de l'avoir demandée en mariage ! D'ailleurs, elle n'avait pas imaginé une seule seconde que sa proposition était sérieuse, se dit-elle avec mauvaise foi.

Après avoir bu un dernier verre de vin, Katy, qui était fatiguée, déclara qu'elle souhaitait se coucher. Eloïse comptait bien suivre son exemple.

— Je vais me retirer moi aussi si tu n'y vois pas d'inconvénient, dit-elle à Marcus.

Une lueur inquiétante brillait dans le regard de celui-ci.

— Bien sûr, ma chérie, répondit-il. Je vais prendre un verre de brandy et je te rejoins.

Au moment de s'éloigner, elle se retourna pour tenter une dernière fois de capter son regard. A sa grande stupeur, le visage de Marcus semblait crispé par l'angoisse. Résistant à l'envie de lui demander ce qui n'allait pas, elle poursuivit son chemin. « Cesse de te faire des idées », se sermonna-t-elle.

De retour dans sa chambre, elle prit une douche, et passa une chemise de nuit de satin blanc qui descendait jusqu'aux chevilles. Assise sur le rebord de son lit, elle brossa longuement ses cheveux, tâchant de mettre un peu d'ordre dans ses pensées. Si seulement elle était capable de lutter contre l'amour que lui inspirait cet homme compliqué ! Malheureusement, elle savait qu'il était déjà trop tard. Une larme coula le long de sa joue. Refusant de s'apitoyer sur son sort, elle l'essuya bien vite et reprit sa brosse d'un geste rageur. Elle devait se battre.

Perdue dans ses réflexions, elle n'entendit pas Marcus entrer. Lorsqu'elle leva les yeux, il se tenait devant elle, sans mot dire. Le silence devint bientôt si lourd qu'elle crut nécessaire de le rompre.

— La salle de bains est libre, annonça-t-elle à tout hasard.

— Ton agresseur aussi, répondit-il du tac au tac. Pourquoi ne m'avais-tu rien dit ?

— Je ne pensais pas que ça t'intéresserait de le savoir, rétorqua-t-elle sèchement.

— Katy croyait que j'étais au courant, insista-t-il tout en retirant sa cravate. Cet après-midi, j'ai demandé à ce que l'on m'envoie le compte rendu du procès. Je viens d'en achever la lecture.

Eloïse crut défaillir à l'idée que Marcus connaissait désormais cette sombre affaire dans ses moindres détails. La brosse tomba à ses pieds.

— C'était il y a longtemps, tenta-t-elle de faire valoir.

Elle s'était efforcée de parler calmement, mais le léger tremblement de la voix devait la trahir.

— Je ne comprends pas pourquoi tu ne m'as rien dit, dit-il sévèrement. Quand je t'ai demandé comment tu t'étais fait ta cicatrice, tu m'as menti.

— Nous nous connaissions si peu... J'étais timide, c'était la première fois que... J'avais l'intention de t'en parler plus tard, expliqua-t-elle en se levant.

— Je ne comprends pas ! répéta-t-il.

— Qu'y a-t-il à comprendre ? Je voudrais juste oublier cette histoire, se récria-t-elle.

— Oublier, reprit-il avec incrédulité. Et comment crois-tu que je pourrais oublier une chose pareille ? Peux-tu imaginer ce que je ressens, moi qui t'ai forcée à devenir ma maîtresse ?

Eloïse s'étonnait de l'attitude de Marcus. En examinant sa physionomie, elle constata qu'il avait l'air plus fragile que d'ordinaire. Pour tout dire, il semblait accablé.

— C'est du passé, répliqua-t-elle.

— Je n'oublierai jamais ce que cet odieux personnage t'a fait subir. Ce soir, je n'étais pas en colère contre toi, mais contre lui, et contre moi aussi, poursuivit-il d'un ton sincère. Autrefois, j'ai refusé de t'écouter parce que j'étais persuadé que tu ne savais que mentir. C'est pour cette raison que je n'ai pas eu le moindre scrupule à exercer autant de pression sur toi. Je ne regrette pas d'avoir été ton amant, loin de là, mais aujourd'hui j'ai l'impression de ne pas valoir mieux que ton agresseur. Désormais tu ne dois plus avoir peur de moi, je ne poserai plus jamais les mains sur toi.

Un silence de plomb tomba sur eux. Eloïse se sentait au bord du malaise. Maintenant qu'il connaissait la vérité, elle ne l'intéressait plus.

— Je comprends, dit-elle le plus froidement possible. Je rentrerai avec Katy demain. Quant à l'argent que je te dois…

— Tu ne me dois rien, coupa-t-il. Quand Harry m'a raconté que vous aviez monté KHE grâce à ton héritage, j'ai compris que tu n'étais pas une femme vénale.

Au moins reconnaissait-il son innocence. Malgré tout, l'idée de devoir le quitter l'anéantissait. Faisant un effort surhumain pour ne pas pleurer, elle se retrancha derrière un mur défensif.

— Dans ce cas, tout est parfait, murmura-t-elle.

— Au nom du Ciel ! rugit-il. Cesse de prétendre que tout va bien comme hier. Je comprends à présent que tu étais en état de choc et que c'était un moyen de te protéger. Tu savais déjà que ce type était sorti de prison, n'est-ce pas ?

— Oui. Je l'avais lu dans le journal juste avant notre départ, reconnut-elle.

Puis, elle courba la tête en espérant qu'il la laisse enfin tranquille. Une plainte sourde lui fit lever les yeux. A côté d'elle, Marcus venait de prendre sa tête entre les mains. Se redressant, il posa sur elle un regard torturé.

— Que se passe-t-il ?

— Hier, je t'ai forcée à me rejoindre sous la douche ! s'exclama-t-il, horrifié.

L'expression d'angoisse qu'elle lut sur son visage la bouleversa. N'écoutant que son intuition, elle posa une main réconfortante sur son épaule.

— Cela m'a fait plaisir, tu sais.

Comme s'il ne l'avait pas entendue, il la dévisageait, l'air perdu. Au bout d'un long moment, il attrapa sa main qu'il serra compulsivement.

— C'est vrai ?

— Oui, murmura-t-elle en le regardant dans les yeux.

Dans un silence solennel, il la contempla avec une intensité désespérée. Enfin, il la prit dans ses bras et l'étreignit tendrement.

— Je ne supporte pas l'idée que tu aies pu souffrir tous ces derniers mois. Et pourtant, je sais que je t'ai fait du mal. Je t'ai volé ton innocence. Je t'aime tant, Eloïse.

Elle retint son souffle, se demandant si elle avait bien entendu. Marcus l'aimait !

— Marcus, je n'ai jamais cessé de te désirer, même quand nous nous querellions. Crois-moi, je t'en prie.

— Tu es si douce, si généreuse. Je veux veiller sur toi, mon Eloïse, te protéger. Je te jure que je ne te ferai plus jamais souffrir.

— Tu... m'aimes ?

Elle voulait en être sûre.

— Je t'aime, Eloïse, dit-il d'une voix émue. Je ne me suis jamais senti aussi misérable qu'aujourd'hui. Je te supplie de me pardonner et de me laisser au moins essayer de te rendre heureuse.

Eloïse ouvrit des yeux immenses. C'était difficile à croire, mais l'éclat passionné de ses yeux sombres confirmait ses dires.

— Il n'y a rien à pardonner. Redis-moi que tu m'aimes et embrasse-moi, murmura-t-elle.

Il déposa sur ses lèvres un baiser tendre et passionné qui la bouleversa jusqu'au plus profond d'elle-même. Accrochée à son cou comme si sa vie en dépendait, elle s'abandonna à lui.

— Je t'aime, répéta-t-il entre deux baisers.

Puis, il la fit doucement basculer sur le lit et lui ôta sa chemise de nuit sans cesser de l'embrasser. D'une main tremblante, il caressa sa cicatrice. Son visage se crispa. « Je voudrais le tuer », l'entendit-elle marmonner.

— Oublie-le. Viens dans mes bras, chuchota-t-elle.

Alors, enhardi par son invite, Marcus lui fit fiévreusement l'amour.

Unis par le même désir, ivres de donner, ivres de recevoir, ils succombèrent au même instant à la volupté. Dans les bras l'un de l'autre, leurs deux cœurs battant à l'unisson, ils ne formaient plus qu'un seul être.

— Je t'en prie, épouse-moi, Eloïse.

— Tu me proposes un nouveau marché ? le taquina-t-elle en nichant sa tête au creux de son épaule.

— Non. Mais nous devons parler. A la mort de Théo, j'ai engagé un détective pour retrouver Chloé. Quand il m'a révélé qu'elle était morte et qu'elle n'avait pas de sœur, j'ai été très intrigué. L'idée de te chercher m'a aussitôt traversé l'esprit. Pendant toutes ces années, tu avais hanté mes rêves. Déçu que tu aies disparu sans crier gare, je me suis consolé en devenant un coureur de jupons. Malgré cela, j'étais curieux de savoir ce que tu étais devenue.

— Hum… Un coureur de jupons… Je ne suis pas sûre d'aimer cet aspect de ta personnalité, répondit Eloïse en faisant la grimace.

Savoir qu'il n'avait cessé de penser à elle pendant cinq ans lui mettait néanmoins du baume au cœur.

— Quand j'ai su que tu avais monté une joaillerie, il n'a plus fait aucun doute pour moi que tu avais été la complice de ta mère. C'est comme ça que l'idée de ce chantage m'a traversé l'esprit.

— Je t'ai dit la vérité pourtant. Ma mère a utilisé mon mémoire universitaire pour convaincre ton oncle, puis elle a imité ma signature sur le contrat, protesta-t-elle.

— Je sais, répondit-il en lui mettant un doigt sur les lèvres. Mais laisse-moi finir. Le soir où je t'ai vue au Supper Club, j'ai reçu un choc, tu étais encore plus belle que dans mon souvenir, et tu dansais avec un homme qui aurait pu être ton père. Pour la première fois de ma vie, j'ai été jaloux. J'ai imaginé que tu te servais de tes charmes pour convaincre les investisseurs. Je t'ai crue malhonnête et intéressée.

— Mais je t'avais expliqué…

Il la fit taire avec un baiser.

— Je n'ai pas terminé. Quand je t'ai invitée à dîner à mon hôtel, j'avais l'intention de te réclamer l'argent de Théo. Mais tu étais si charmante ce soir-là que j'ai d'abord renoncé à le faire. Et lorsque nous avons fait l'amour...

— Comment pourrais-je oublier cette nuit ? l'interrompit-elle, un sourire rêveur sur les lèvres. C'était un miracle pour moi qui pensais que je ne laisserais jamais un homme me toucher. Avec toi, tout paraissait si naturel. C'était comme si j'avais de nouveau dix-neuf ans.

— Oui, et j'avais bien l'impression que c'était la première fois pour toi. Tu étais si nerveuse, si peu expérimentée. A ce moment-là, je me suis promis de te garder auprès de moi et de tout oublier du passé. Mais au moment de partir, tu m'as expliqué que Ted avait décidé d'investir dans ta société. Tout ce que tu disais laissait entendre que vous aviez couché ensemble. Tu étais rentrée chez toi à 3 heures pour ne t'endormir qu'à 5 heures. J'ai bien cru que j'allais t'étrangler !

Elle n'en croyait pas ses oreilles. Quel affreux malentendu !

— Je comprends mieux pourquoi tu étais si distant dans la voiture. Ted m'avait laissée devant ma porte à 3 heures, et j'ai ensuite discuté avec Harry et Katy pendant une heure. Voilà tout. Et tu as cru que...

— Oui, c'est ce que j'ai cru, reconnut-il. C'est pour cette raison que je ne t'ai pas donné de nouvelles, lui apprit-il en lui adressant un sourire amer. J'ai invité Nadine à un bal de charité en espérant que tu verrais les photos.

— C'est ce qui s'est passé. J'ai beaucoup souffert. Pour surmonter ma peine, j'ai essayé de voir le bon côté des choses. Grâce à toi, j'étais débarrassée de ma peur des hommes.

146

— Pour un peu je serais flatté... mais ce rôle d'initiateur ne me suffit plus, désormais.

— Du moment que tu n'inities personne d'autre que moi !

— Je ne désire pas d'autre femme que toi, répondit-il en lui caressant le cou. Acceptes-tu de me pardonner et de m'épouser ? demanda-t-il d'une voix peu assurée. Je jure de prendre soin de toi et de faire tout ce qui est en mon pouvoir pour que tu m'aimes aussi.

— Ce ne sera pas la peine. Je t'aime, Marcus, et la réponse est oui.

Épilogue

Katy se laissa tomber sur une chaise longue à côté de Harry.

— Enfin les vacances ! Pour fêter cela, je prendrais volontiers un verre.

Le sourire aux lèvres, Marcus passa derrière le bar.

— Que désires-tu, Katy, un verre de vin ou un alcool fort ?

— Un gin tonic, s'il te plaît, j'en ai besoin ! s'exclama-t-elle.

Le visage radieux, Eloïse regardait son mari préparer le cocktail.

Ils s'étaient mariés un mois avant, ici même. L'un et l'autre avaient souhaité une cérémonie très simple avec la famille, les amis, sans oublier tous les habitants de la petite île. Resplendissante dans sa robe de lin blanc, Eloïse n'avait jamais été si heureuse de sa vie.

Après leur lune de miel, ils avaient invité Harry, Katy et Benjamin à passer des vacances sur l'île. La petite famille était arrivée dans l'après-midi. Après les avoir aidés à s'installer, Marcus leur avait proposé de prendre un verre sur la terrasse de la villa. Simplement vêtu d'un bermuda de coton blanc et d'un T-shirt assorti, il était plus séduisant que jamais.

Il tendit son verre à Katy avant de rejoindre Eloïse qui le couvait du regard.

— Tout va bien, mon amour ? s'enquit-il en l'embrassant.

— Je ne pourrais aller mieux, répondit-elle en entrouvrant les lèvres.

Ils échangèrent un baiser langoureux, si doux et si sensuel que, pour un peu, elle aurait presque regretté d'avoir invité Harry et Katy à passer cette semaine avec eux.

— Vous êtes incorrigibles, les taquina Harry. Nous ne sommes pas venus ici pour tenir la chandelle !

Marcus et elle rirent de bon cœur.

— Vous avez réussi à endormir Benjamin ? demanda Marcus.

— Oui, enfin ! répondit Katy.

— Je ne sais pas si vous êtes au courant, commença Harry, mais avant de quitter Londres, j'ai lu dans le journal que Rick Pritchard avait été pris dans une violente bagarre dans un bar près de Douvres. Il semblerait qu'il ait été gravement blessé puisqu'on a dû le transporter à l'hôpital. Je crois que vous n'avez plus de souci à vous faire à son sujet.

— Tant mieux. Les canailles de son genre finissent toujours par payer pour leurs crimes, commenta Marcus.

Eloïse eut l'étrange impression qu'il n'était pas du tout surpris par cette révélation.

Plus tard dans leur chambre, elle s'approcha de lui, décidée à éclaircir ce mystère.

— Tu étais au courant pour Pritchard ?

Il l'attira dans ses bras, caressa le fin tissu de sa chemise de nuit du bout du doigt avant de refermer sa main sur l'arrondi de ses fesses.

— Je mourrais si je devais te perdre, se contenta-t-il de répondre.

— Ce n'est pas une réponse ! protesta-t-elle en réprimant un frisson.

Une lueur de triomphe suspecte brillait dans les yeux de Marcus.

— C'est la seule qui compte pour moi, marmonna-t-il avant de dénouer les fines bretelles de sa chemise de nuit qui tomba à terre.

Puis, la prenant dans ses bras, il la porta jusqu'au lit. Il avait raison, se dit Eloïse, heureuse, lovée au creux de ses bras. Et maintenant, seul leur avenir ensemble comptait pour elle. Un avenir ensoleillé et plein de promesses...

Top model de choc
Par Kasey Michaels

*Défilé haute couture Julia Sutherland Rafferty - Six minutes avant
la parade nuptiale finale*
Pour Holly Hollis, qui coordonne le défilé, c'est le cauchemar :
il manque un mannequin homme. Que faire ? Il y a bien dans le
public ce grand ténébreux, svelte, aux épaules d'athlète et au
regard de feu…
Plus que cinq minutes…
— Hep, par ici, le retardataire… Otez votre pantalon !
— Pardon ?
— Pas le temps de discuter. *Otez ce pantalon !*
…
Pour Holly, le défilé était sauvé, mais le mal était fait ! Après
avoir obligé un inconnu à se déshabiller, comment allait-elle
pouvoir refuser son invitation à dîner ? Encore un mannequin
qui se croyait irrésistible…
L'ennui, c'est que *celui-là* était *vraiment* irrésistible !

Le nouveau visage de la collection Or

◆

AMOURS D'AUJOURD'HUI

Afin de mieux exprimer sa modernité et de vous séduire encore davantage, votre collection Or a changé de couverture et de nom depuis le 1er mars 1995.

Rassurez-vous, les romans, eux, ne changent pas, et vous pourrez retrouver dans la collection **Amours d'Aujourd'hui** tous vos auteurs préférés.

Comme chaque mois, en effet, vous y attendent des héros d'aujourd'hui, aux prises avec des passions fortes et des situations difficiles...

COLLECTION
AMOURS D'AUJOURD'HUI :
Quand l'amour guérit des blessures de la vie...

Chère lectrice,

Vous nous êtes fidèle depuis longtemps?
Vous venez de faire notre connaissance?

C'est pour votre plaisir que nous avons
imaginé un rendez-vous chaque mois
avec vos auteurs préférés, vos
AUTEURS VEDETTE dans les
collections Azur et Horizon.

Les AUTEURS VEDETTE vous
donneront rendez-vous pour de
nouveaux livres vedette.

Pour les reconnaître, cherchez
l'étoile . . . Elle vous guidera!

Éditions Harlequin

HARLEQUIN

LE FORUM DES LECTEURS ET LECTRICES

CHERS(ES) LECTEURS ET LECTRICES,

VOUS NOUS ETES FIDÈLES DEPUIS LONGTEMPS?

VOUS VENEZ DE FAIRE NOTRE CONNAISSANCE?

SI VOUS AVEZ DES COMMENTAIRES, DES CRITIQUES À
FORMULER, DES SUGGESTIONS À OFFRIR, N'HÉSITEZ
PAS… ÉCRIVEZ-NOUS À:

  LES ENTREPRISES HARLEQUIN LTÉE.
  498 RUE ODILE
  FABREVILLE, LAVAL, QUÉBEC.
  H7R 5X1

C'EST AVEC VOS PRÉCIEUX COMMENTAIRES QUE NOUS
ALLONS POUVOIR MIEUX VOUS SERVIR.

DE PLUS, SI VOUS DÉSIREZ RECEVOIR UNE OU
PLUSIEURS DE VOS SÉRIES HARLEQUIN PRÉFÉRÉE(S)
À VOTRE DOMICILE, NE TARDEZ PAS À CONTACTER LE
SERVICE D'ABONNEMENT; EN APPELANT AU
(514) 875-4444 (RÉGION DE MONTRÉAL) OU 1-800-667-4444
(EXTÉRIEUR DE MONTRÉAL) OU TÉLÉCOPIEUR
(514) 523-4444 OU COURRIER ELECTRONIQUE:
AQCOURRIER@ABONNEMENT.QC.CA OU EN ÉCRIVANT À:

  ABONNEMENT QUÉBEC
  525 RUE LOUIS-PASTEUR
  BOUCHERVILLE, QUÉBEC
  J4B 8E7

MERCI, À L'AVANCE, DE VOTRE COOPÉRATION.

BONNE LECTURE.

HARLEQUIN.

VOTRE PASSEPORT POUR LE MONDE DE L'AMOUR.

ROUGE PASSION

De fiévreuses histoires d'amour sensuelles!

De provocantes histoires d'amour passionnées et romantiques qu'on lit d'une seule traite. Aventureuses, parfois humoristiques, et sensuelles, elles mettent en vedette des hommes et des femmes d'aujourd'hui.

ROUGE PASSION...quatre nouveaux titres chaque mois.

COLLECTION
HORIZON

Des histoires d'amour romantiques qui vous mènent au bout du monde!

Découvrez la passion et les vives émotions qu'apportent à la Collection Horizon des auteurs de renommée internationale!

Captivantes, voire irrésistibles, ces histoires d'amour vous iront assurément droit au coeur.

Surveillez nos quatre nouveaux titres chaque mois!

HARLEQUIN

En août, on vous tente avec un livre SUPER PASSION de la série Rouge Passion.

Les livres SUPER PASSION sont un peu plus sensuels et excitants, mais toujours l'amour triomphe des contraintes, de dilemmes et vient réchauffer votre coeur comme une caresse.

Une histoire SUPER PASSION chaque mois, disponible là où les romans Harlequin sont en vente !

RP-SUPER

L'ASTROLOGIE EN DIRECT
TOUT AU LONG
DE L'ANNÉE.

(France métropolitaine uniquement)

Par téléphone 08.36.68.41.01

0,34 € la minute (Serveur SCESI).

Composé et édité
PAR LES ÉDITIONS HARLEQUIN
Achevé d'imprimer en janvier 2003

BUSSIÈRE

GROUPE CPI

à Saint-Amand-Montrond (Cher)
Dépôt légal : février 2003
N° d'imprimeur : 26979 — N° d'éditeur : 9732

Imprimé en France